告白の书

松 开 过 去 的 自 己 · 改 变 一 生 的 结 果

松果阅读

你是年少的欢喜
喜欢的少年是你

吾玉 著

吉林摄影出版社
·长春·

图书在版编目（CIP）数据

你是年少的欢喜，喜欢的少年是你 / 吾玉著. -- 长春：吉林摄影出版社，2016.10
（松果阅读）
ISBN 978-7-5498-2747-3

Ⅰ.①你… Ⅱ.①吾… Ⅲ.①故事－作品集－中国－当代 Ⅳ.①I247.81

中国版本图书馆CIP数据核字(2016)第242863号

你是年少的欢喜，喜欢的少年是你
NI SHI NIANSHAO DE HUANXI，XIHUAN DE SHAONIAN SHI NI

项目出品	意林松果阅读
出 版 人	孙洪军
主　　编	顾　平　杜普洲
责任编辑	施　岚　孙　瑜
总 策 划	蔡　燕
丛书统筹	黄　磊
策划编辑	黄　磊
特约编辑	车克家
设计总监	资　源
封面设计	资　源
美术编辑	孔凡雷
发行总监	李振红
营销总监	王俊杰
开　　本	880mm×1230mm 1/32
字　　数	200 千字
印　　张	8
版　　次	2016 年 10 月第 1 版
印　　次	2016 年 10 月第 1 次印刷

出　　版	吉林摄影出版社
发　　行	吉林摄影出版社
地　　址	长春市泰来街 1825 号
	邮　编　130062
电　　话	总编办　0431-86012616
	发行科　0431-86012602
网　　址	www.jlsycbs.net
经　　销	全国各地新华书店
印　　刷	北京嘉业印刷厂

书　号	ISBN 978-7-5498-2747-3	定　价：	29.80 元

版权所有　翻印必究
如发现印装质量问题，请与承印厂联系退换

世间有你，美好许多

文/绿亦歌

我和吾玉，算不上很熟。

比如，我们并不知道彼此吃食物的口味，穿衣服的风格，来自哪里，要往何处去……作为朋友最基本的这些了解，我们一概不知。这是我与喜欢的同行的相处方式之一，不谈琐碎和俗事俗物，只谈风花雪月。

世界复杂，君子之交就显得弥足珍贵了。

我们偶尔聊天，聊写故事的那些事，聊人生理想，起初她处于人生的低谷，然后换我，如今我们都在向前，已不再惦念过去。

她无论遭遇什么，总是很乐观，不愿意向朋友传达负面情绪，总是话锋一转，讲讲好的事。是啊，生命中总有好事发生，如今见吾玉越来越好，我从心底为她开心。

那句话怎么说来着，未哭过长夜，不足以语人生。

我听说吾玉，比认识她要早一些。

是别的写作者，说这个小姑娘，和你差不多的年纪，勤快得不可思议，脑子里装的全部是好故事。那时候我没看过吾玉写的故事，并没有产生结识的念头，只是每次听别人提到她，用的都是羡慕的语气。

自然而然认识以后，读了她的故事才知道，为什么人人都羡慕她。

有些人天生就是讲故事的料，我尚且愚笨，在这条路上走得懵懵懂懂，而吾玉已经领先我许多。而且她不骄不躁，安心写自己的故事，不做任何哗众取宠或者争名夺利的事情，就像她跟我说的，她只是想好好写故事，写一辈子。

我那时候看的，是吾玉的"百鬼潭"系列。我年少时也想过写这样的故事，许多人在一起，各人有各人的爱恨情仇，有家有国，有命运。可是我笔力不足，写不出来，好在有吾玉这样的作者，妙笔生花，也代替我这样的读者，一圆心中梦想。

去年冬天去长沙谈事情，时间匆忙，没有和任何朋友提起。但是当天晚上，独自裹着大衣，站在湘江边上，吹着风，望着辽阔的天地，我却忽然很想见一见吾玉。

想和她在这样的景色里，来一壶温热的酒，坐在烛光中对饮，聊聊她写过的那些故事，故事中的那些人，最后都去了哪里。又或者只是天南地北，随便说话，我相信我们总会有许多许多话说。

像古时候的文人或者侠客们，酣畅淋漓，刀光剑影。

这样才是我喜欢和向往的情谊，酒逢知己千杯少。

可惜那晚时间太过紧促，我们没能见上一面。虽然遗憾，但是我相信，下一次、下下次，会有那么一天。不在长沙，那就在别处。

后来得知吾玉要出书，我很开心，特意把书架腾出来，方便放她的书。腾了很大一片，因为我知道，她有很多很多的故事可以讲。

勤奋和天赋，她都有，占尽了天时和地利。这就注定了她可以走很远，何况她还那么年轻。

我很荣幸为她写一篇序，代所有深爱她的读者们向她说一声"谢谢你"，写出这样多美丽的故事，谢谢你是吾玉。

你是年少的欢喜，喜欢的少年是你

▼ 目录 | 001

001　你来自民国二十一年

021　张小马未曾消失的28天

041　惊鸿镇有郭襄路过

065　在天蓝小镇遇见温禾姑娘

085　如有天孙锦，愿为君铺地

105　白头鹰与笑面狐

你是年少的欢喜，喜欢的少年是你

127　风过白水湾，与你共良欢

145　燕子坞中冬赏雪

161　我的Siri小姐，你会下棋吗

183　当大乔遇上小乔

203　甘蔗将军

227　蟋梦人生

你来自民国二十一年

她的身份或许是假的,但她与他的志同道合一定是真的。
她为他编织的是一场梦,他带给她的却是一道光。
他离不开梦,她也离不开光了。

你是年少的欢喜，喜欢的少年是你

【1】我叫叶梦好，住在霞衣胡同十六号

学校里有辆民国时期的老式公交车，听说是上个世纪留存下来的，和电视里经常演的一样，外面刷着绿漆，里面造型古朴简单，车厢顶上挂着彩灯，有一种属于老上海的风情。

但由于年代过于久远，车厢只剩下一节，寥寥两排座位，破旧得不成样子。

一般刚入校的新生，总会对这"老古董"充满好奇，但瞧过几次后就没什么兴趣了，毕竟再稀奇也就是一辆车，还是一辆破车。

全校师生中只有一个人，始终对这辆民国老车"情有独钟"，一有空就会携书夹本，独自到里面坐一坐，享受那份光阴逆转的独特静谧。

他叫付远之，是学校国学社的社长，也是中文系第一才子兼第一门面担当。

当军训的一群小学妹围在他身边，七嘴八舌、兴奋不已地向他解释了何谓"门面担当"后，他露出了恍然大悟的神情。

"一个团队里最帅气的存在，靠脸吃饭的家伙吗？"

言简意赅的一句概括，精辟地抓住了核心，让一众女生猛点头，又露出了星星一样的眼睛，而坐在中间的那道身影却站了起来，夹住书本，礼貌一笑。

"我以为，我靠的是……这里呢。"

付远之指了指自己的脑袋，长长的睫毛微颤，施施然离去，只留下身后一片尖叫声。

走在校园的林荫大道上，那张清俊面庞唇边的笑意才慢慢淡去，恢复了一脸漠然。

付远之是温和的，人人都这样说，但他又是疏离的，这种蒙了层雾的气质，为他增添了不少魅力，却也增添了不少……孤独。

风掠长空，斑驳树影下，付远之叹了口气，看向手中的书，朱红的封皮上赫然是四个烫金大字——资治通鉴。

如果有人能和他来探讨一下他正在研究的课题，而不是什么"门面担当"，他也许会开心很多。

遥望远方，偌大的人工湖的尽头，树影遮掩下的那辆民国旧车，大概是整个学校里唯一能让他清静思考的地方了。

叶梦好就是在这一天的黄昏，出现在车厢里，闯入付远之的生活。

民国学生装，蓝布裙，黑辫子，素净姣好的少女面孔，坐在窗边，夕阳拖长了她的身影，美得像一个梦。

她在抬头的一瞬间望见付远之，顿时惊慌失措，而车厢门口的付远之也同样愕然："你……你是……谁？"

四目相对，风吹衣袂，有细小的尘埃在流光里飞舞，天地间仿佛刹那静了下来。

"我叫叶梦好，住在霞衣胡同十六号，我……我只是……在车上睡了一觉，醒来就变成这样了。"

【2】你也在研读司马光老先生的《通鉴》吗

民国二十一年的一个黄昏,叶梦好的女子学校放学后,她便坐上了每日回家的电车,靠在车窗上打了会儿盹,睁开眼时车内便空空如也,外面不是行人喧嚣的街道,而是一大片波光粼粼的湖,就在她还不知道发生了什么事时,她一抬头,便看见了付远之——

俊眉秀目的少年,满脸愕然,夹着一本书,像个天外来客。

他的衣着打扮她从未见过,全身上下她最熟悉的,便是那本书上烫金的四个大字"资治通鉴"。

"同学,你也在研读司马光老先生的《通鉴》吗?你看到哪一朝了?秦?汉?还是五胡十六国?魏晋南北朝?"

轻柔的声音在车厢里响起,明明不合时宜,却让付远之一怔,接着心潮起伏,再次打量起眼前这个穿着民国学生装、毫不设防的少女。

他眼神瞥向她挎着的布袋,那是那个年代的"书包",他不动神色地指了指,试探着开口:"能……让我看一看吗?"

暖黄的夕阳中,风从窗口灌入,布袋里的确是民国时期的一些书本,上面字迹娟秀,本本写着"叶梦好"三个字,除此之外,还有些造型古朴的针线盒、胭脂盒。

当看到付远之将其拿出来端详时,一旁的叶梦好脸红了:"除了日常功课外,我们还要学针线,学仪容,女校这些选修课想是男校没有的,让同学见笑了。"

她低着头,目光落在脚尖上,不敢与付远之对视,付远之却望了她许久,终是笑了。

他"鉴定"完毕,手里这堆东西"货真价实",最有可能出现的地方是某个历史博物馆。

即使很不可思议,但他也迅速理清思路,并很快镇定下来,将结论阐述给眼前这位无所适从的民国少女。

"叶同学是吗？如果真如你所言，你来自民国二十一年，那么我想，你可能遇到了些难以置信的事，因为现在是2014年，也就是八十二年后了。

"民国早已不复存在，没有女校，没有北洋，没有孙逸仙，只有你眼前的我，我叫付远之，即使很像南柯一梦，但我还是想说，很高兴认识你。"

当付远之在食堂打了两份饭，兴冲冲赶回车厢时，叶梦好已经不在了，车里空空如也，不留丝毫痕迹，当真如南柯一梦。

那一瞬，晚风拂过他的衣袂发梢，他忽然莫名惆怅，心像空了一块似的。

第二天，付远之又在黄昏时分来到了车厢，独自坐了许久，却没有遇见想遇见的人。

第三天，暮色四合，依旧什么也没有。

第四天、第五天……

付远之终于怀疑自己是否真的做了个梦，梦里的那番奇妙邂逅其实根本不存在，全因他太过寂寞，无人相谈，便为自己杜撰了个"红颜知己"出来。

但他依旧不想放弃，依旧每天在车厢里等待，他没有和任何人说过，真的也好，杜撰的也罢，他只愿守着独属于他一人的秘密。

哦不，陪伴他的还有手边那本书，那本《资治通鉴》。

他想，假如她还会出现，还有下一次，他一定要回答她——

全书二百九十四卷，从周威烈王到五代后周世宗，十六朝一千三百六十二年的历史，他通通已经研读完了，只等着和人探讨。

而那个人，他希望是她。

【3】不管那个人是来自二十一世纪，还是来自民国二十一年

叶梦好再次出现时，已是半月后。

那时付远之捧着《资治通鉴》，坐在车厢里看了一个下午，直至晚霞满天，他迷迷糊糊地睡着了……

风掠长空，拂动发梢，他是被人推醒的，睁开眼只对上一张柔美的脸，依旧是那一身民国学生装，两条乌黑的辫子在胸前摇晃，一双水灵灵的眸子里映满了他难以置信的神情。

"付同学，又见到你了，别来无恙。"

那一刻，窗外繁星点点，付远之这才惊觉自己居然睡到了这个时辰，而叶梦好的从天而降更是让他产生一种时空错乱的荒谬感，仿若洞中一觉，山外已千年。

车厢里，素来泰山崩于前而色不变的他，第一次在一个人面前有些语无伦次："你……你怎么……"

叶梦好抱歉地笑了笑："对不起，昨天本来说好要和你聊一下《资治通鉴》的，但你出去后，我又靠着车窗睡着了，醒来时电车已到站，我懵懵懂懂地便下了车，居然又回到了民国二十一年的霞衣胡同……"

她这才发现，付远之推测得没错，这辆贯穿了近一个世纪的老电车，果然是某种特殊载体，能让她在时空之间自由穿梭。

于是在女校放学的第二天，她又坐上了这辆电车，想"依法炮制"一次，但这回却怎么也睡不着了，车到站时她犹豫了一会儿，最终没有下去，而是又坐了几圈，当夜风迎面扑来时，她终于不堪倦意，靠在车座上，渐渐睡去……

"醒来时我才发现你坐在我前方的座位上，居然也睡着了，真是缘分，不过，你难道……是在等我吗？从昨天等到现在？"

看着犹豫发问的叶梦好，付远之很长时间都没有回答，夜风轻拍着窗口,月光洒入车厢,不知过了多久,他才一点点站起,说了没头没脑的一句:"我能……抱抱你吗?"

明月清辉,天地静谧。

这是付远之第一次与异性拥抱,相信叶梦好也是,因为他们都在颤抖,心贴着心在颤抖,连呼吸都是不稳的。

但这也让付远之终于松了口气,因为他确定她是真的回来了。

不知怎么回事,他的眼眶竟有些酸涩,贴在她耳畔,一字一句地开口:

"我不是从昨天等到现在,而是从半个月前守候到今夜,虽说是南柯一梦,但我还真不希望……这只是个梦。"

叶梦好与付远之开始经常在车里"秘密相会",这简直像部荒唐的老电影,却又是付远之真真切切的生活。

那夜他们在车里促膝长谈,两个人都享受着从未有过的快乐,从《资治通鉴》说到诸子百家,从民国风貌说到现代文明,几乎要将一辈子的话都说完了。

但当天方即白时,付远之终于撑不住小睡了会儿,醒来时叶梦好已不见踪影。

她又消失得猝不及防了,如烟似雾,也许再次会面时,已是下一个十五天了。

清晨第一缕阳光照入车厢,付远之的指尖动了动,触到手边的书,怅然若失。

尽管叶梦好总是消失得突然,但接下来的日子对付远之而言,却像人生忽然有了期盼,茫茫尘世,他终于不再踽踽独行,不再孑然一人。

高山流水,他抚出的琴音终是有人相和——不管那个人是来自二十一世纪,还是来自民国二十一年。

【4】让他尽情挥霍一回,燃尽生命中最后的光

也许老天从来见不得世人多一点儿快乐,当叶梦好又一次出现时,却满脸忧愁地带给了付远之一个不好的消息——

她家有媒人上门说亲了,是个留过洋的军阀子弟,她父母很是满意,聘礼都已经开始准备了。

这简直是晴天霹雳,对付远之而言,他直到这时才不得不正视一个问题,那个他长期以来刻意回避的问题。

他以为不去想就能忘记,忘记他们之间那道永远跨不过去的鸿沟,就能像叶梦好的名字一样,永远夜夜好梦。

但梦终于要醒了,现实的难题已经摆在眼前了。

"父母之命,媒妁之言,我本该乖乖顺从的,可那一刻我心乱如麻,脑袋里只想到了你……"

车厢中,叶梦好泪盈于睫,抬头望向付远之,仿佛终于鼓足勇气。

"远之,究竟你对我……是什么想法?"

她不过是那个年代最传统的普通女子,本该按部就班地走完自己的一生,不该因为一段奇遇而随便岔了轨迹,且他亦没有给过她任何承诺,但她偏偏想赌一次,想亲口问问他,孤注一掷地确定他的心意。

风吹衣袂,望着叶梦好仰头间的盈盈泪光,那紧张而又期盼的神情,付远之心头一悸,忽然就不想考虑那么多了,他现下只想好好抱抱她,给她一点儿安心的温暖。

于是,在下一秒,他也便那样做了。

两道身影在车厢中紧紧相拥,暮色四合,风掠长空,他深吸一口

气,贴在她耳畔,逐字逐句:

"我的想法只有七个字——只恨君生我未生。"

纵是一场荒唐大梦,他也不管不顾了,来吧,让他尽情挥霍一回,燃尽生命中最后的光。

在叶梦好又离去的那些日子里,付远之带着破釜沉舟的一颗心,有所行动了。

霞衣胡同十六号,这处民国的老住址,终于被他查到,他顺藤摸瓜,找到了叶梦好后人的住址。

那是一个极其平常的周末,夕阳笼罩着小区,付远之拿着千辛万苦求来的信息,一路问人探询,他只知道是这片小区,但不知道究竟是哪个单元。

"你好,请问你知道这里有一户许家……"

在又问向一个人时,那人正蹲在地上,为自己的宠物狗,哦不,是为自己养的小狐狸清理粪便,闻言身子一颤,背对着他,看不清什么表情。

付远之耐心地又问了一遍,当那道身影终于站起来,抱着小狐狸回过头时,他整个人惊呆了,一声"叶梦好"差点儿脱口而出——

眼前的少女齐耳短发,面庞清秀,除了穿着打扮、发型神态与叶梦好不同以外,其余通通都一模一样。

付远之何等聪明,瞬间便判断出来,张口就问:"你……你姓许?"

【5】许静仪,大二在读学生,叶梦好的曾孙女

许静仪,大二在读学生,叶梦好的曾孙女。

把付远之领上楼时,偌大的家里空空如也,没有一个人。

许静仪不好意思地笑了笑，解释道，父母在国外经商，一年到头难得回来，平时都是她和丫丫一起住。

哦，对了，丫丫就是她养的小狐狸，纯种荷兰血统，浑身上下洁白无瑕，性格也是极其温驯，除了……是"外貌协会"的成员。

"你还是第一个能完好无缺走进我家的呢，丫丫居然没叫唤，真是奇迹。"

许静仪笑着，去掐怀里的雪狐耳朵："小色鬼，去你的窝里好好待着，不准偷听我们说话。"

斜阳透过落地窗洒进屋内，照得一室暖黄，映在许静仪含笑的脸上，叫付远之一时有些恍惚，分不清今夕何年。

"你真的……见过我的曾祖母？"

还是许静仪率先打破了凝滞的气氛，付远之望着她，不知怀着何种心情，许久，终是眸光复杂地点了点头。

"也许说出来很荒谬，但我不得不如实告知，从头到尾，并且十分冒昧的是，我来，其实是想知道你的曾祖父是何许人也，有无照片？"

在来之前，付远之早已做好各种准备，诸如被斥为疯子，被扫地出门，甚至被扭去派出所。

但他没有想到，事情会进展得那么顺利，当看到许静仪抱着一个古旧的铁盒出来，在桌上缓缓打开时，他的眼泪竟不觉夺眶而出。

夕阳投在那些泛黄的老照片上，他看到了叶梦好结婚时的样子，看到了她换下学生装穿上旗袍的样子，看到了她三十岁的娴静，五十岁的从容，以及七十岁的满头白发……

她和他想象中有些不一样，许是没有她更年轻的照片了，没有那身熟悉的学生装了，没有她遇到他时的那段少女青春了。

她只存在于斑驳的黑白光影中，反而是坐在他身旁的许静仪，更像他记忆中的"叶梦好"。

手指摩挲着一张张珍贵的照片，付远之终是泪如雨下，耳边只听到许静仪心疼的叹息。

"你也看到了，我曾祖父的确是那位留过洋的年轻军官，历史没有改变，也不可能改变，你所坚持的一切不过是场空，抽身固然痛，但长痛不如短痛，你们也该回到各自应属的轨道了……"

水雾弥漫的一双眸子望向许静仪，付远之久久没有说话，他忽然有种异样的感觉，有什么闪过脑海，让他迫不及待地想要抓住……

【6】祭奠他死去的爱情

回去后的那晚付远之便做了个梦，梦里少女蓝裙黑辫，浅笑倩兮，站在流萤飞舞间，却像蒙了层雾，怎么也看不清她的脸，他伸手上前，踉跄间手还未触到时，她便已消散如烟，只留下一串银铃般的笑声……

喘着气从梦魇中惊醒，付远之一下坐起，满头冷汗。

他心跳如雷，久久没有回过神来，直到目光落在台灯旁的一叠拓本间。

那是叶梦好为他带来的，极其珍贵的一些拓本史料，供他研究。

颤巍巍地伸出手，付远之拿起那叠拓本，缓缓翻去，若有所思。

在一个月后，他在车厢里又见到了叶梦好。

她消瘦了许多，两眼泛红，一见到他，泪水便簌簌而下："对不起，远之，对不起……"

她说，我们是改变不了命运的，他们注定情深缘浅，她这次是来向他道别，见他最后一面，以后便不会再坐这辆电车了，更不会出现在他的生命中了……

付远之没有说话，只是将叶梦好揽入怀中，喉头哽咽，静静相拥了许久。

泪眼模糊中，他冷不防瞥到一抹白色，摇曳在少女的裙角，他呼吸一窒，紧接着却将叶梦好搂得更用力了，脸上的神情也更悲凉了。

他早该料到了，不是吗？也早做了那么多心理准备，可为什么还会存有奢望，心还会那么痛？

眼泪怆然落下，风声飒飒，拂过他的衣袂发梢，他将头埋在她脖颈儿里，紧闭双眸，仿佛在祭奠他死去的爱情，祭奠他……生平第一次爱过的姑娘。

黑压压一片坐满了人的剧院里，幕布缓缓拉开，蓝裙长辫的少女坐在民国熙攘的街头，悲欢离合就此上演。

台下的付远之看得极其认真，光影投在他脸上，他长长的睫毛微颤，俊秀的面庞隐有泪光。

"人生天地间，忽如远行客。"

当女主角历尽沧桑，拖着行李在车站送别男主角时，这场民国乱世的爱恨情仇终于谢幕，满场掌声如雷，付远之的座位却不知何时空了。

台上的故事结束，台下的故事却远远未完。

当全部话剧演员站成一排，向观众鞠躬致敬时，一道突兀的掌声却渐近响起，所有人齐刷刷望去，只见一道俊眉秀目的身影，从侧边走上台阶，一边鼓掌一边上前，脸上带着说不出来的笑——

"啪，啪，啪。"

掌声回荡在偌大的剧院里，走上台的不是别人，正是满眼泪光的付远之。

"很好，演得妙极了……"他旁若无人地靠近，在众目睽睽之下，走向了中间那个浑身颤抖，一看到他便面无血色的女主角跟前。

"如漪小姐。"他唤她，一字一句极尽温柔，"我该叫你叶梦好，还是许静仪？"

在那一秒，巨大的灯光下，穿着民国学生装的女主角瞬间煞白了脸。

【7】你戏演得太逼真，骗得我也入了戏

台上台下一片哗然，议论纷纷间，不知发生了何事。

果然，在看到许静仪的反应后，付远之便知道自己猜对了。

他早该想到的，什么穿越，什么民国奇缘，他是孤单了太久才会被轻易蒙蔽双眼，一厢情愿地以为高山流水，天地间终有人与他琴箫相和，不管那人是来自何方何处。

他甚至还可笑地拿着地址到处去问，祈盼破釜沉舟，能有奇迹发生，以一人之力改变历史。

但他没有想到，他会在那个寻常的黄昏，意外遇见许静仪，哦不，或者说是摘掉发套的"叶梦好"。

怀疑就是从那时候开始的，世间不会有两片相同的叶子，纵然是曾祖孙关系，也无法做到那么相像。

而当他看到那些泛黄的照片，悲从中来，禁不住潸然泪下，许静仪在旁边劝他时，他更觉异样了。

那样的语气太过熟悉，那样的推心置腹不合常理，他回去后便失眠了，从梦魇中惊醒后，他拿起台灯下的那叠拓本史料，陷入了沉思……

第二天，他便悄悄去了一趟许静仪的学校，在学校图书馆里，终于找到那套拓本的下一册，而借书卡上最后一次登记的不是别人，正是许静仪，历史系大二学生许静仪。

滑坐在图书馆的一个隐蔽角落里，付远之半天没能坐起，高大的书架挡住了他的身影，也挡住了那些坠落在扑簌尘埃里的泪。

一切昭然若揭，他前后联系起来，真相大白。

但他仍不愿相信，仍愿自欺欺人，直到"叶梦好"最后一次在车厢里向他道别，他拥住她时，无意瞥见的那抹白，那抹摇曳在裙角的白——

那是几缕狐狸毛，几缕不小心蹭在衣服上的狐狸毛。

名唤"丫丫"的荷兰纯种雪狐，本是"外貌协会"的成员，不冲进入许家的他叫唤，反而还冲他笑。

他的心在那一秒，终于如坠深渊，最后一丝奢望也被打破，真相彻底被证实。

"你戏演得太逼真，骗得我也入了戏，我的'叶梦好'，我的一夜好梦，终究要醒了……"舞台上，付远之笑得凄楚，无视拼命摇头、眼含泪光的许静仪，而是忽然从怀里掏出一叠拓本，狠狠摔在了她身上。

"还给你！"瞬间，满台如雪纷飞，在所有人的惊诧声中，付远之踉跄转身，头也不回地离去了。

许静仪一下慌了，忙着去接漫天落下的拓本，又忙着去追付远之，手足无措间，像整个世界都坍塌了。

她在他身后泣不成声地喊着："不，不是这样的，远之，远之，你听我解释……"

人生如戏，她才演完一出戏，真的要在戏中丢了自己的人生吗？

【8】他对她深信不疑，从那天起，她便成了"叶梦好"

许静仪一开始没想过要骗付远之，她在车厢里遇到他，纯粹是个意外。

她是历史系大二学生，也是表演系旁听生，学习之余，在一家大剧院做兼职。

那天她刚表演完，时间还有剩余，便想去离剧院不远的Z大看看，而Z大便是付远之的学校。

对于付远之其人，她是早有耳闻的，甚至是带有仰慕的。

她曾在高校国学竞技大赛上见过他一面，他率领的团队所向披靡，直接进入决赛，而他本人更是博古通今，艳惊四座。

从那时起，她便留意他了，而在她志同道合的圈子里，他也的确太出名了，简直像个传奇。

他做的课题，他钻研的方向，他流传出的那些事迹，无一不让她佩服、惊叹，直至心生仰慕。

但她也是听闻了他的古怪性情，为人温和却疏离，迷恋者众多却一个也看不上，像蒙了层雾般，不好接近。

这样的付远之，让彼时任何方式都无法接近他的许静仪，觉得高不可攀，无法触及。

但她没有想到，她竟会在旧车厢里，在那样的情况下，与他有了第一次正式碰面。

她不过是听说Z大有辆民国老电车，而恰好那时她身上的戏服还没换下来，便想去里面坐一坐，体验一番，谁知才坐下没多久，一抬头，便看见门口愕然的付远之。

"你……你是……谁？"

他这样问她，她一下慌了，不知该怎么回答，却有什么闪过脑海，让她隐约觉得，这说不定是个机会——

一个别出心裁、得天独厚接近他的机会。

她太怕，怕错过这次机会就再也不会有了，她会成为他那些众多追随者中的泯然一员，即使面对面和他擦身而过，也不会给他留下任何印象。

所以在电光石火间,她做了一个让她日后无法抽身的决定。

她说:"我叫叶梦好,住在霞衣胡同十六号,我……我只是……在车上睡了一觉,醒来就变成这样了。"

布袋里的东西证实了她的话,打消了他的疑虑,但其实,那些不过是她拿了曾祖母的旧物,也就是真正的叶梦好在女校读书时留下的东西,来为话剧表演做道具的,却没想到能误打误撞地派上用场。

他对她深信不疑,从那天起,她便成了"叶梦好"。

起初许静仪是没想要瞒那么久的,她只是想给付远之留下一个与众不同的初次印象,在他去食堂打饭回来后,她就会告诉他真相,然后大大方方地向他介绍自己,她甚至连开场白都想好了。

"闻名不如见面,付师兄你好,我叫许静仪,刚刚和你开了个玩笑,你不会介意吧?"

但人算不如天算,在付远之离开后没多久,她藏在书袋夹层里的手机便开始作响。

是剧院打来的,有点儿事急着找她,她左等右等都没等到付远之,便只能跺跺脚,不辞而别。

而错过了这一次坦白的机会,日后再想要开口就有些难了。

因为许静仪发现事情的演变已经超出她的控制了,付远之居然陷了进去,完完全全陷进了她为他编织的"南柯一梦"中。

她不忍心叫醒他了,或者说,是不忍心叫醒自己了。

【9】他离不开梦,她也离不开光了

开始的那段日子,许静仪真的特别快乐,除了每次都要"消失"得不露痕迹外。

她和付远之相互吸引着，相互靠近着，一起研读《资治通鉴》，一起探讨诸子百家，从尧舜禹到元明清，从风雅颂到赋比兴，每次都有说不完的话。

她的身份或许是假的，但她与他的志同道合一定是真的。

她为他编织的是一场梦，他带给她的却是一道光。

他离不开梦，她也离不开光了。

但事情终究会水落石出，她也一直在找机会坦白真相，她想，如果贸然说出来，她一定会失去他，只有确认他的心意后，一点点抽丝剥茧，才能让他慢慢接受。

所以才会有车厢里，她满面忧愁地告诉他"定亲"的那一幕。

她想看看他会做出什么反应，究竟有没有爱上她，能不能接受她曾不得已撒过的那些谎。

但事情发展到这里，又出现了一个变故——

在许静仪确认了心意，打算下一次就和盘托出之前，付远之已经有所行动，先一步找到了"她"，或者说是，现实生活中的"她"。

她那时正在为丫丫清理粪便，当那个熟悉的声音在身后响起时，她简直浑身颤抖，差点儿忍不住尖叫。

完了完了，骑虎难下，事情又偏离了轨道，她不得不重新开始计划了。

于是在屋里，她拿出放有老照片的铁盒，想让他亲眼看一看无法篡改的"历史"，让他彻底死心，从此抽身出来。

"你所坚持的一切不过是场空，抽身固然痛，但长痛不如短痛，你们也该回到各自应属的轨道了……"

她那时苦口婆心地劝他，就已经做好了以"叶梦好"的身份向他最后道别的准备。

假的"叶梦好"会消失，但真的"许静仪"会出现，从此她会以真正的身份和他重新认识，重新开始，再在未来时机成熟的某一天，将一切原原本本地告诉他。

原来人真的不能撒谎，一个谎言要用另一个谎言去掩盖，久而久之，谎言就像雪球，会越滚越大，直到将自己彻底吞噬。

当他突然出现在舞台上，将那一叠拓本狠狠摔在她身上，质问她"我该叫你叶梦好，还是许静仪？"时她便觉得，她的整个世界都坍塌了，她最害怕的事情还是发生了。

飞蛾扑火，殒身不恤，在如雪纷飞的舞台上，她泣不成声，却连那点儿奋不顾身的光都要失去了。

【10】而那个人，我希望是你

那是一封很长很长的信，长到依稀还能看见字里行间的斑驳泪痕。

信塞在黄昏里的车座缝中，付远之一进门便能看见。

因为他不接电话，不回留言，不愿再与写信的人有任何交集，所以才会在这片夕阳中看见这封信。

窗外湖面波光粼粼，长风掠过浮云，衣袂飞扬。

除了身份是假的，我对你的一切都是真的。

信的最后是这样一句话，付远之望了许久，没有动弹，直到身后响起一个声音，一个夹杂泪水的声音——

"我不是来自民国二十一年的叶梦好，也不是你住在霞衣胡同十六号的那个梦，我是真真切切站在你身后，等待你原谅的许静仪，如果你同意，我们能重新开始吗？"

风声飒飒，那仿佛是比一个世纪还要长的静默，直到有颗心几近绝望，捂住脸失声痛哭，快要站不住时，付远之的背影才颤了颤。

他长长的睫毛微动，一点点转过身，就那样在黄昏中望见了许静仪，齐耳短发，抱着本《资治通鉴》，哭得不成样子。

长风拂过衣袂发梢，他一步步走向她，看她红肿着双眼抬头，难以置信。

水雾也模糊了他的视线，但他却在她惊诧的目光中，笑了，一指那本《资治通鉴》。

"我猜你一定会问我，你也在研读司马光老先生的《资治通鉴》吗？你看到哪一朝了？秦？汉？还是五胡十六国？魏晋南北朝？

"而我会这么回答你，全书二百九十四卷，从周威烈王到五代后周世宗，十六朝一千三百六十二年的历史，我通通已经研读完了，只等着和人探讨。

"而那个人，我希望是你。"

夕阳笼罩着车厢，付远之温柔地笑了，张开双臂，望着眼前泪如雨下的少女，清晰地叫出了那个名字："许、静、仪。"

张小马未曾消失的28天

他是她的张小马,这只是一个童话,一场梦。

她爬到了终点,他却还停在半山腰。

假戏真情,戏是假的,情是真的。

【1】我想找个男朋友

苏小小从医院复查出来后,魂不守舍地抱着病历单走进了公园,远处是游人,天上是气球,眼前是喷泉,她却莫名有种眩晕感,只想将怀里那份病历单撕得粉碎,然后狠狠抛向空中。

但她没有那样做,她知道自己不是韩剧女主角,落不得凄美,到头还得在保洁阿姨的怒视中,蹲下身将碎屑一片片捡起来,想想就哀伤。

所以她选择了无声无息的方式宣泄,三五下将病历单揉成一团,用力地塞进了垃圾桶里,末了吸吸鼻子,望着喷泉,眼眶就酸涩了。

我想找个男朋友。

硬币顺着弧线抛入水中,双手合十的苏小小,对着许愿喷泉虔诚而又悲壮地许下了自己的愿望——

我想找个男朋友!

二十五岁,相貌平平,又宅又温暾,胸无大志,除了名字和古时一位名妓"撞衫"外再无特别之处,从没谈过恋爱的幼儿园老师苏小小,在凛冽秋风中第一次那样诚心祷告。

赐我一个男朋友吧!

也许是向来高贵冷艳的上天仁慈了一回,挥挥手,赏给凡人好梦一场,就在这样的情况下,季柯出现了。

风一样的少年,出现在两天后苏小小辞职的时候,迎面、飞撞、美男、意外……戏剧一般,像在演电视剧,却来得刚刚好,不早不晚,如降神兵。

那天阳光很好,秋高气爽,苏小小抱着一箱杂物走出大门时,幼儿园的孩子们在她身后探头探脑:"小小老师还会回来吗?"

她推了推眼镜,深吸一口气,回头温柔一笑:"老师要出个远门,大概,大概一个月的样子……"

才说完这句话,她就被撞了,迎面而来的身影像风一样,她手里的东西差点儿飞出,还好连人带物落在了一个怀抱里。

"对不起,有人在追我,帮帮忙……"

着急而又好听的男孩声音,阳光下过分俊秀的眉眼,紧挨在一起的两颗心跳动的声音,令苏小小陷入了短暂的眩晕中。

如果说开头已经这样不真实,那么接下来的一切简直跟片花似的。

"追兵"赶到时,幼儿园门口已经没有任何踪迹,园中的大广播里只传来清脆动听的儿歌,孩子们跟着节拍嬉闹着,当中两个大大的卡通人物随乐声扭动着,逗得孩子们哈哈大笑,阳光下恍如置身于一个童话世界。

行头夸张,戴着墨镜的几个"追兵"狐疑地扫了一圈后,几番耳语,终是朝下一个地方追去。

人一走远,笑容可掬的"美羊羊"就立刻摘下了头套,一屁股坐在了地上,正是大口大口喘气的苏小小。

另一位"懒羊羊"也跟着摘下头套,汗湿的鬓角贴在白皙的脸颊上,就地一坐,冲苏小小咧嘴一笑,露出一口白晃晃的牙齿。

"嗨,我叫季柯,多谢帮忙,不然被抓住我可就惨了。"

那笑容实在灿烂，连同一口白牙几乎晃花苏小小的眼睛，她心跳如雷，僵硬地抬起手："嗨，我叫……"

阳光下，突如其来的眩晕感席卷全身，按着心口倒下去的那一刻，苏小小第一反应是自己这姿势还挺婉约的，但紧接着第二反应就是她身上还套着"美羊羊"的行头……

果然是又刺激又滑稽的一天啊。

这大概就叫作……乐极生悲吧。

【2】枯木逢春，老树开花，一下滋补过猛，大概就是这个道理

苏小小收留了季柯。

对于季柯的来历，简直比他的出场还要绚丽，他说自己是中国赴韩国的训练生，很小就被父母送到韩国，由公司培训了很多年，现在终于回国，即将以偶像团体的身份出道，不过在此之前他有一个探亲假，为期半月，是他争取了好长时间才向公司换来的。

可公司高管居然反悔了，直接把他的假期"缩水"成了一周，他气不过，留了张字条就从酒店偷溜出来，打算过完了属于自己的假期再回酒店找他们。

这当然是不允许的，他才出酒店没多久就被发现了，公司的人一路追了上来，他险些就被"捉"回去，还好撞到了苏小小。

苏小小听得嘴角抽搐："要不要这么夸张……"

季柯伸了个大大的懒腰："所以呢，我现在是'自由人'了，总算可以好好呼吸呼吸外头的新鲜空气了！"

他不打算去找他那对不知又飞到哪里逍遥去的父母，而是随遇而安地想让苏小小陪他玩完这半个月，他正好缺个"导游"，而苏小小也刚好辞职，时间大把，一起散散心再好不过。

大概在韩国待久了，这番"相信缘分"的浪漫思想信手拈来，简

直颇得韩剧精髓。

苏小小这边还在消化时,那边季柯已经哗啦啦地列了一张清单出来,连同一张闪闪发光的银行卡,潇洒地在她面前展开。

"感谢小小姑娘的'搭救之恩',你说咱们多有缘啊,什么也别想了,赶紧带我好吃好喝地玩上半个月吧,我接下来的十五天就交给你了!"

少年凑近的一张脸绽开大大的笑容,碎发下亮晶晶的眉眼好看得不像话,冲击得苏小小心跳如雷,差点儿忍不住要尖叫——

从天而降的美男、好吃好喝的游玩清单、无限任刷的银行卡……还能更神奇更梦幻一点儿吗?

许愿池投下的那枚硬币一定是佛祖开过光的吧,一定!

一股熟悉的眩晕感兜头而来,苏小小猛地按住心口,瞪大双眼,身子不受控制地向后仰去。

"别晕,别晕……"她在心中悲壮地呐喊着,奈何比"晕"更没出息的是,她喉头腥甜,一股热流就那么涌出鼻子……

房子里响起一阵惊呼:"哇哇哇,小小姑娘你怎么流鼻血了!"

仰头望着天花板,眼前一片花,苏小小在残留的意识中欲哭无泪。

枯木逢春,老树开花,一下滋补过猛,大概就是这个道理。

【3】都是"杨逍"惹的祸

美少年季柯的出现,可以说像一束火花,瞬间点燃了一个二十五岁未婚女青年的一颗不再少女的少女心。

苏小小被季柯拉着穿梭在城市的各个角落,如蓝天白云下飞舞的两只风筝,自由自在,无拘无束。

看电影、听歌会、逛公园、放孔明灯、钻入小巷吃遍特色美食,在秋日的暖阳中泛舟湖面……

那份清单简直就像为苏小小量身打造般,满足了她对恋爱的所有向往,而一场偶遇却让原本的计划有了一点儿变化。

华灯初上,苏小小在江边风光带遇到了高中同学李逍,曾经的校草依旧帅气十足,认出苏小小后有些迟疑地叫住了她。

那时季柯正在不远处买饮料,苏小小独自等在江边,在看到李逍的那一刻,她脸色大变,下意识地就想转身离开。

不能怪苏小小反应这么大,说起来李逍简直是她的噩梦。

那是学生时代,苏小小梳着马尾,戴着黑框眼镜,穿着清汤寡水的校服,作为班上最没存在感的人,她最喜欢做的事情就是窝在座位上看小说和漫画。

用现在的话来说,那就是沉迷在二次元的世界无法自拔。

她最喜欢金庸小说里的杨逍,这种亦正亦邪的人物极对她的口味。

苏小小就是在那样的情况下,替心中"男神"画了一张画,还肉麻兮兮地署了一个"逍"字。

结果悲剧就这样开始了。

那张画不知被谁翻了出来,一下传遍了全班,苏小小回教室时,所有人看她的眼神都怪怪的,尤其是李逍,而他的手里就拿着那张画——

那张被所有人认作是苏小小"暗恋证据"的画。

事后苏小小回想起来,总是千百次地捶胸顿足,后悔自己为什么画工那样差,差到画偏的眉眼还真有几分像李逍。

可是天可怜见,此"逍"真的非彼"逍"!

她红着脸把李逍叫出教室,结结巴巴地解释了一通,飞也似的拿回了自己的那张画,但流言蜚语却并没有就此停息。

李逍不知在想些什么,别人问起时居然耸耸肩,不为苏小小澄清,反而表现得不屑一顾:"没什么,总之我是不会喜欢她的。"

这一下不啻于一道雷,彻底将苏小小打入流言的深渊,她错愕不已,百口莫辩,而当年根本没人信她,大家都私下笑她是花痴,癞蛤蟆想吃天鹅肉,李逍怎么可能看上那样平淡无奇的她。

苏小小性子温暾又闷骚,面对嘲讽,只能在心里默默流泪,尽量降低自己的存在感,从此变得更加孤僻了。

她虽然沉浸在二次元世界里,独来独往惯了,没什么朋友,但也不会惹上什么事情,那次的风波算是她学生时代最"出名"的一次了,也是她最不堪回首的记忆。

所以此后高中的同学聚会她从没去过,而李逍也成了她避之不及的噩梦。

如今华灯下再次相遇,苏小小转身只想逃离,而李逍却抓住了她的手。

夜风中,那张帅气的脸孔竟是一副愧疚不已的模样,讪讪着试图解释:

"对不起,当时,当时大家都已经那样以为了,如果我突然澄清,会……会显得很没面子,现在想起来的确很幼稚很虚荣,为此伤害到了你,实在抱歉……"

"抱歉什么?"

少年的声音忽然插了进来,俊挺的身影在月下晃了一下,季柯拿着两瓶饮料,不知什么时候出现了,伸手拉过苏小小,一双眼微眯着望向李逍。

李逍愣住了。

【4】今天你是主角，衣香鬓影都不为过

"你会去参加明天的同学聚会吗？"

季柯问苏小小，苏小小摇头，抱着枕头慢吞吞地道："不想去。"

季柯凑近："真的？"

苏小小拿起枕头遮住脸："太丢人了。"

尽管分别时李逍告诉她这个消息，还极力邀请她，但苏小小还是不想去。

季柯扯开枕头，按住苏小小的肩，好笑又好气。

"我倒觉得非去不可，还得打扮得漂漂亮亮，亮瞎所有人的眼睛！"

季柯定定地望着苏小小，放柔了声音，近在咫尺的少年气息叫苏小小忽然心跳有些加速。

"我陪你去，让那家伙当着众人的面给你赔礼道歉，怎么样？人活一辈子，总得扬眉吐气一次，是不是？"

缭绕在两个人中间的气氛微妙起来，苏小小脸上发烫，支吾着低下头："好。"

有什么却漫上胸腔，暖暖的，又酸又涩，提醒着她，这么多年，似乎从来没有人对她说过这样的话，这样……愿意为她出头。

第二天一大早，季柯就急匆匆地拉着苏小小出门，开始了对她从头到脚的大改造——

万年不变的黑框眼镜终于摘了下来，换成了微闪的隐形眼镜。

黑直发配合脸形烫成了酒红色的长卷发，可爱时尚又女人味十足。

全身在美容院里做上一次温泉护理，皮肤刹那回到十八岁一样白

嫩有光泽。

从来素面朝天的一张脸化上精致得体的淡妆，顾盼间立刻神采飞扬起来。

一套Versace（服装品牌）新季修身风衣裙，一双镶钻细高跟鞋，丝袜包裹的双腿细长性感，站在风中亭亭玉立，气质高贵。

……

不得不说，作为从韩国回来的练习生，季柯的品位实在不俗，他仿佛上帝之手般，苏小小在他指尖转了一圈便焕然一新，直接跟变了个人似的。

而事实证明，苏小小的底子本身就很不错，她的五官非常清秀，脸形也极好，只是常年遮在了大眼镜后面，从未仔细收拾过。

当"变身"成功的苏小小走出来的那一刻，等在外面的季柯竟然有瞬间的失神，他咳嗽两声，露出笑容迎了上去，伸手做出夸张的姿势。

"尊敬的小小女王，在下是否有这个荣幸能与你一道同行？"

苏小小被逗笑了，穿不惯高跟鞋的脚走路还有些不稳，凑到季柯耳边小声咬耳朵："只是个同学聚会，会不会太隆重了？"

"不，一点儿也不。"季柯扭过头，含笑的眼眸认真无比，"人生不会时时都需要盛装出席，但今天你是主角，衣香鬓影都不为过。"

【5】我想要只张小马，一只能陪我到老的张小马

在别人的生命里打了二十五年酱油的苏小小，头一回以主角的姿态登台就惊艳了全场，尤其是嘴巴都合不上的李逍。

大包厢里，苏小小挽着"男朋友"季柯的手一步步走向众人，光芒四射得就像走红地毯的一对明星。

可天知道苏小小有多紧张，手心都出了层汗，只觉得跟做梦似的。

而在季柯的引导下，接下来的一切便也更加顺理成章。

李逍当着全班同学的面向苏小小郑重道了歉，为少年时的无知自罚了三杯酒，言语间更满是后悔和遗憾，仿佛错过了什么："当初真该慧眼识珠，早知道，早知道……"

不知是真心还是调侃，所有人摇头大笑，也纷纷向苏小小举杯致歉，气氛悄然间变得轻松融洽起来，包厢里开始闹腾起来。

一片嬉笑声中，苏小小却忽然放松下来，莫名感到一种无法形容的空虚。

她走向吧台，点了一首刘若英的歌，拿起话筒，动听的旋律在包厢里静静响起。

"我想我会一直孤单，这一辈子都这么孤单。我想我会一直孤单，这样孤单一辈子。天空越蔚蓝，越怕抬头看。电影越圆满，就越觉得伤感。有越多的时间，就越觉得不安。因为我总是孤单，过着孤单的日子……"

是从什么时候开始的呢？习惯了一个人走路、吃饭、睡觉、工作……大概是从父母分开的那天开始的吧，她像棵自生自灭的野草，尽量降低自己的存在感，觉得一个人过也挺好的，窝作一团的世界里没有打扰没有喧嚣，舒服得不想被叫醒。

直到看到那份病历单，迟钝的一颗心才一点点被击痛，她一下被拉回了现实中，放眼望去，才发现自己的孤单与无助。

多么……不甘心啊。

走累的心也想找个肩膀靠一靠，总是一个人真的有些孤单，尤其在这样的时刻，所以才会在许愿池投下那枚硬币，祈求出现另外一个人，能将她的头按入怀中，轻拍她的后背，告诉她"不要紧，你还有我"。

吧台后，季柯坐在明灭的光影间，漆黑的眼眸就那样望着唱歌的苏小小，酒红的发，清瘦的肩，脸上投下的阴影，仿佛凝固了时光。

散场回到家时已近深夜，苏小小却没有一丝睡意，她抱着电脑，和季柯头靠头一同看起了《爸爸去哪儿》，这档亲子节目最近很火，但季柯才回国还没有看过，于是也不知谁陪谁，两个人就这样依偎着看了起来。

墙上的钟嘀嗒嘀嗒地走着，苏小小偶尔瞥到时，眼里是掩不住的叹息。

如果可以，她真的希望时间慢点儿走，最好停在今夜，停在季柯还不会离开的今夜。

十五天如放默片般过去了，一帧帧的画面还回荡在她的脑海中，可惜再好的梦都得醒了，明天季柯就将回到自己的轨道，和她彻底say goodbay（说再见）了。

萍水相逢的缘分终将止于此夜，他们也许再不会相见，不过好歹，她也算有"男朋友"了。

但心头依旧酸酸涩涩的，有什么弥漫在眼眶里，在看到节目中天天悉心呵护的鸡蛋"张小马"被打碎时，苏小小眼中的泪水终于落了下来。

孩子红着眼伸出手，愧疚地对爸爸说："打我吧。"

因为没能保护好他们的张小马，对不起，如果有下一次，他一定不会让张小马碎掉。

因为那是张小马，是取了名字，陪伴他们，不可替代的张小马。

苏小小哭得汹涌澎湃，季柯慌了，手忙脚乱地扯纸巾，苏小小却一头扎入他的怀里，眼泪汪汪地呜咽着："怎么办？我也想要一只张小马,特别想要……"

呜咽的语气像个小孩儿似的,把季柯弄得哭笑不得,没见过这么大的人还撒娇的,他轻拍着苏小小的背,嘴里柔声道:"好了,好了……"

可苏小小仍是泪如雨下,仿佛积压许久的情绪一下宣泄出来,季柯不会知道,她多么想要只张小马,一只永远不会抛弃她,能够一直陪她到老——陪她到生命最后一刻的张小马。

"明早你走的时候,千万……不要叫醒我。"

红肿的双眼可怜兮兮地望着季柯,弄花了的眼妆看起来是那样滑稽,但季柯却没有笑,四目相对了许久后,终是将苏小小搂入怀中,下巴抵着她的头顶,轻轻说了声:"好。"

【6】等你爬到终点,我还停在半山腰,想想就难过

清晨听到脚步离去,门轻轻合上的那一刻,被窝里的苏小小抿紧唇,闭着的双眼微颤着,有什么无声无息地流下,瞬间浸湿了枕巾。

从早上到黄昏,她蜷缩着身体没有动过,大脑昏昏沉沉的,情愿就这样一睡不醒。

直到一双大手拉开被子,一个熟悉的声音在头顶气喘吁吁地响起来:"小小,小小,快起来!"

睁开眼,蒙眬的视线中,少年站在床头,逆光而立,含笑的眉眼上有金色的光芒,汗湿的鬓角就如初见时一样。

回来了,季柯回来了,毫无预兆地回来了,还带来一份苏小小做梦也没有想到的礼物——

"看,张小马!你最想要的张小马!"

崭新的一顶帐篷,四面都绘制上了色调温暖的卡通图案,金黄的鸡蛋壳上露出各种笑脸,正是苏小小心心念念的"张小马"。

"找了好多家店总算做好了,快快快,懒虫快起来,咱们去爬山,去露营,好不好?"

少年眉飞色舞,兴冲冲地去拉苏小小,苏小小却怔怔地望着帐篷,难以置信。

"你……你不是……"

迟钝的心一点点恍然醒悟过来,原来……季柯一大清早出门,不是离去,而是去给她准备"张小马"。

突如其来的惊喜几乎让心脏承受不住,一声迟来的尖叫划破屋顶,苏小小以火箭般的速度从床上弹起,八爪鱼似的抱住了季柯,把季柯箍得龇牙咧嘴。

"哎哟,姑娘矜持点儿,别又流鼻血了……到底去不去爬山?"

"去!"

对于自己的留下,季柯的解释是,他还没玩够呢,公司那边已经传信过去了,能拖多久是多久,至少得把清单上最后几条做完吧。

比如说爬山、露营、看日出。

光芒万丈的山道上,季柯和苏小小一面向上攀爬,一面天南海北地闲聊,晚风迎面吹来,气氛轻松而惬意。

季柯说起在韩国训练的日子,有苦有乐,却总像被人驯养的画眉鸟,老想着挣脱囚笼,呼吸外头自由自在的空气。

苏小小则谈起自己的父母,没人管的童年,自生自灭,自得其乐,像野草一样摇曳在一个人的世界里。

两个人都是从来没有和他人这样交心地聊过,如今这般相互倾诉,相互倾听,只觉释怀不少,舒畅地在风中相视而笑。

在爬到一半时,苏小小眼前一花,那种熟悉的眩晕感又袭遍全身,她清楚而悲哀地意识到……时间不多了。

季柯只当苏小小累了,陪着她坐在半山腰休息起来,苏小小靠在他的肩头,努力调整着自己的呼吸。

远处翠峰巍峨,夕阳昏黄,飞鸟扑翅,当真有几分陶渊明笔下"悠然见南山"的意境。

苏小小忽然就不想动了,望着前方的目光有些哀伤,语气里透着说不出的疲惫。

"人的一生就像爬一座大山,有爬得快的,有爬得慢的,有爬得顺利的,有爬得艰辛的,最后却都能爬到终点,只有我不争气,爬到一半就爬不动了,等你爬到终点,我还停在半山腰……

"想想就难过。"苏小小叹息着,眼前也模糊起来。

一直没有说话的季柯却忽然一下站起,拍拍衣服向她伸出手:"谁说的,你爬不动了,我背着你不就可以了吗?瞎感慨些什么?来,快上来,我们一起爬到山顶,扎好帐篷明天看日出!"

【7】苏小小保留了二十五年的初吻,在山川大地的见证下终于献了出去

季柯背着苏小小,一步一步登上了山顶,站在顶峰的那一刻,暮色四合,天地苍茫,大风吹得苏小小发丝飞扬,她激动得只想大声喊一句:"我到山顶了,我到终点了!"

没有被留在半山腰,即使是另外一种方式,她也走完了自己的"一生",多好。

在第二天朝阳升起的时候,季柯和苏小小站在帐篷前,紧紧握住彼此的手,感受着那份撼人心魄的美。

温暖的光芒投在他们脸上,那是种难以言喻的感觉,交缠的两道身影被拉得很长很长,风声飒飒中,苏小小保留了二十五年的初吻,在山川大地的见证下终于献了出去。

露营回来后，季柯和苏小小开始正式交往。

像是前二十五年积攒的人品只为了这一次相守，苏小小诚惶诚恐，生怕挥霍得太快，倍加珍惜每一分每一秒。

十七天、十八天、十九天……

日历上圈过的日子越来越多，平淡无奇的生命因为有了季柯的相伴变得多姿多彩起来，人却终究不能太贪心，在第二十八天的时候，季柯终于向苏小小无奈告别。

他接了好几个电话，像是那边催得很急，而他已经不能再拖下去了。

"公司下死令了，我得回去一下，等事情解决了我再回来找你，行吗？"

送季柯走的时候，苏小小还没怎么样，季柯却红了双眼，紧紧地抱着苏小小不肯放手，像是一放手，人就没了。

"答应我，等我回来，一定要等我！"

苏小小乖乖点头，脸上的笑容却有些苍白。

最近的眩晕感来得愈加频繁了，她不知还能否撑到那一刻。

可是她多么感谢，感谢季柯赠她一场世间最美好的梦，感谢他送给她未曾消失的张小马。

当踏入酒店的透明电梯，看着下面苏小小的身影越来越小时，季柯无力地靠着电梯壁滑坐下来，神色黯然。

裤兜里的手机又开始响个不停，他一接通，那边就传来老板噼里啪啦的一通数落：

"季柯，你小子到底还想不想干了？演戏演得还上瘾了是不是？任务完成了就快点儿回来，客户合同上明明只签了十五天，你难道还假戏真做了不成……"

【8】好演员是入了戏又能抽离出来的，所以，他不是个好演员

这是季柯从不曾演过的一场戏，开头是假的，过程和结局却变成了真的。

他骗了苏小小很多东西，比如那夸张炫目的初遇，比如他编出的探亲假理由，比如那份其实是为她量身打造的"恋爱清单"……

但也有很多东西是真的，比如他曾经的确是远赴韩国的训练生，父母粗暴地替他决定了他的人生，他十几岁就独自在异国他乡打拼，只是一场意外终结了一切。

在登山时他就和她说过，他不想做囚在笼中的画眉鸟，韩方公司那套培养模式不适合他，他时时刻刻都想挣脱。

那时他作为偶像团体中的一员即将出道，却桀骜不驯地不愿遵从公司的安排，从酒店里跑了出去，那次却没那么幸运，他不是撞上苏小小，而是撞上了一辆汽车。

一场车祸让他伤了一条腿，他躺在医院足足养了一年才恢复，韩国公司与他解了约，一心"盼子成明星"的父母对他心灰意冷，他积压已久的怨气也一次性爆发，和家人的关系一度破裂。

那段时间是前所未有的灰暗时光，他的确挣脱了牢笼，不过付出的代价实在太大，出院后的他举目茫然，一时看不清未来的方向。

父母断了他的经济来源，他必须得要生活下去，索性自暴自弃地开始接各种活儿，他做过模特、拍过杂志封面、在酒吧驻唱，甚至还在片场里跑过龙套……

而二十八天前，中介却派给了他一份特殊的活儿——

为期半个月的临时"偶像剧"男主角。

没有剧本的戏里，女主角，正是苏小小。

那是家专门解决客户各种需求的网络公司，带点儿"梦工场"的味道，号称能达成客户的一切愿望。

季柯知道有人为苏小小买下这样一份订单，一份为期十五天的"幸福"合同，合同的要求是一定要给苏小小一个惊喜。

但他不知道是谁，公司不愿透露客户信息，他所能做的，就是尽心尽力地去演好一个偶像剧男主角的戏份。

他演得很好，很入戏，可惜这一演，他就没能抽出身来。

在大包厢里看着苏小小坐在吧台边，一个人静静地唱着《一辈子的孤单》时，他忽然沉浸在一种莫名的伤感中，很想知道眼前这个女孩的心事，触摸到她的喜怒哀乐。

当她在他怀里啜泣着说想要一只张小马时，他心头奇异地泛起一片柔软的涟漪，那张哭花的脸略显狼狈，映在他的瞳孔里却是说不出来的动人。

所以才会在十五天期满后，走了又折回去，跑遍大街小巷为她定制了她想要的"张小马"。

当她尖叫着抱住他的时候，他心里暖得胜过黄昏的夕阳。

好演员是入了戏又能抽离出来的，所以，他不是个好演员。

等电梯到达后，他决定向老板退回这笔酬劳，然后辞职，不再接活儿，不再浑浑噩噩地度日。

他要回去找她，向她坦白一切，然后找份正正经经的工作，做陪她到老的张小马，养她一辈子。

至于那个下了订单的人，他想过是心怀歉意的李逍，但现在都不重要了，不管是谁，都感谢他为他铺好的一场美梦。

【9】张小马未曾离去的二十八天

墓园的风景很好，即便苏小小一个人在医院里走得很突然，但一切事项也都迅速尘埃落定，因为她早将自己的身后事安排得妥妥当当。

包括长眠在哪一块地方，包括墓碑上要刻什么字，也包括要留给季柯的那封信。

她终究没能等到他，在他离去的当夜，她猝不及防地晕倒在了走廊上，被邻居送到医院的紧急病房。

晕了那么多次，这一回，她真的再也醒不过来了。

当四天后季柯办好所有交接手续，赶到住所时，只在邻居那里得到一封信、一个文件袋、一把房门钥匙以及一个墓园地址。

照片上的女孩眉目清秀，嘴角的笑容温柔鲜活，让人根本不敢相信她居然已经离去。

颤抖的身子一下跌在了墓前，季柯脸色煞白，难以置信。

信上清楚交代了一切，当打开文件袋看清里面的东西后，季柯浑身一震，双手激颤着不能自已，许久，他趴在墓前，发出了一声撕心裂肺的恸哭。

文件袋里是一份合同，一份他再熟悉不过的合同，而委托人那里赫然签着三个字——

苏小小。

她取出毕生积蓄，为自己下了一份订单，却收获了比合同本身更多的东西。

开头是场无与伦比的"偶像剧"，结局却是不在她意料之中的真正惊喜。

张小马未曾离去的二十八天，她收获了满满的感动与快乐，带着季柯给她的爱,她终于可以了无遗憾地去了。

生命虽然停止在半山腰,但她不会忘记,有个少年已经背着她登上过山顶,她生命的意义将以另一种方式在他那里得到延续。

她一点儿也不孤单,她很幸福。

惊鸿镇有郭襄路过

> 那一夜,烟火绚烂,点亮了烟雨朦胧的江南夜色。惊鸿镇上,惊鸿一瞥,就误了终身。于千万人中相遇,一眼万年。
> 她是郭襄,幸好,他不是杨过。

你是年少的欢喜，喜欢的少年是你

【1】东邪，小东邪

"郭襄？"

"对，你认识她吗？"屏风后的声音兴奋不已，偶尔夹杂着几句法语，在这梅雨时节的江南水乡，显得格格不入，却又奇妙契合。

尤知雨坐在雕花窗棂的里间，不用出去也可以想到，外头那位年轻客人是如何手舞足蹈，半中文半法语地描述着自己的一见倾心。

平生一顾，至此终年。

纤秀的指尖轻转着钢笔，她在纸上写写画画，不觉间就冒出了这一句，伴随着耳边淅淅沥沥的梅雨，她怔了怔，失笑摇头，随手就将它画去。

这年头的浪漫邂逅太常见，廉价到是段情都能被称颂为传奇，其实却远远配不上这一句。

当外面屏风后心潮起伏的客人好不容易讲述完，尤知雨清清嗓子，将选好的碟片轻放至手边的留声机上。

"Maupassant先生，准备好接受溯梦了吗？"

五年前在惊鸿镇定居下来，尤知雨开了这家溯梦馆，挂牌当心理咨询师。

事实上,她从没看过一本和心理相关的书籍,也没有考取过任何证件,但她的溯梦馆却声名大噪,吸引许多人慕名来到惊鸿镇,只因为——

她那带有魔力的声音。

这大概是她平平无奇人生里唯一的异彩了,她的声音是真的具有魔力,夸张点儿说是特异功能也不为过。

客人进入溯梦馆,将经历讲述一遍,她记下后,再挑首适合的曲子给客人,当留声机里悠扬的轻音乐响起时,她便用她那具有魔力的声音,将先前那番讲述娓娓道来,客人只需躺在长椅上,闭目静静聆听即可。

拉下窗帘,昏暗的溯梦馆中,每个人的经历都能在这里"情景重现",追溯以往最难以忘怀的片段。

尤知雨的声音不能改变历史,却能让他们再次体会一番曾经的刻骨铭心,伴随着婉转的曲声,脑海中浮现一草一木,仿若光阴逆流,置身当年,又回到了念念不忘的前尘往事。

有台湾富商一掷千金,只为再次尝到幼年贫民窟里,母亲亲手为他做的那碗糯米糍粑。

有中年丧偶的大学老师,跋山涉水,只为闭上眼睛,再嗅一嗅十七岁那年,恋人在她胸口别的那朵白栀子花。

还有各奔东西,逐渐疏离的至交好友,难忘过去张狂青春,奋斗岁月,最想回到的是那个破旧的篮球场,再酣畅淋漓地打一次球……

太多太多的片段,太多太多的倾诉,尤知雨今年才不过双十韶华,却已像个暮年老者,阅尽千帆,看遍人世悲欢离合。

但接下外国友人的要求,替他情景再现,找寻梦中的那个"郭襄",这却是第一次。

仿佛东西方文化来了个莫名的大碰撞,荒唐得她讲完都难以理解那份心情，竟忍不住掀开帘幔，在空灵的笛声中轻轻走出。

屏风后的那道身影躺在长椅上已睡去，正沉浸在与"郭襄"的初遇中，等尤知雨走近看清那张年轻的面孔时，不由得一愣，接着暗骂了声："竟是个假洋人！"

可不是，长椅上的少年睫毛微颤，唇边含笑，哪是什么"外国友人"，分明是个无比纯正、白皙又漂亮的中国男孩！

中国人居然还有不知道金庸的？尤知雨深吸口气，忍住想把男孩拎起来，问他是不是故弄玄虚的冲动，却是曲声渐停，男孩缓缓睁开眼，溯梦结束，自己迷迷糊糊醒了。

外头风拍窗棂，屋中吊灯暖黄，昏暗中晕染出几丝民国情调，任是谁在这种情况下醒过来，都会先缓一缓，半天才能回过神来。

但未等尤知雨上前递茶，男孩已经双眼发亮，一把扣住她的手腕，用不太熟练的中文脱口而出："郭襄！"

他激动得难以自控，无视尤知雨的惊诧莫名，从长椅上一下蹿起，欢呼着："东邪，小东邪！"

尤知雨会多门语言，一听便知，这句话是说——

东邪，你是我的小东邪。

【2】不是在峨眉安家，而是在溯梦栖身

华裔Maupassant，随母亲自小定居法国，中文名卢景时。

不久前他作为交换生回国念书，在一次盛大的漫展上遇见了他的"郭襄"。

我在万人中，仰望你在万人之上，有时候动心仅仅只是那一瞬的事。

确切地说，那是一场cosplay（角色扮演）表演，COS（角色扮演）的是金庸笔下的群侠，在侠骨柔情的背景音乐中，一个个脍炙人

口的英雄红颜相继出场。

飞雪连天射白鹿，笑书神侠倚碧鸳。

轮到郭襄时，配上的独白是一段网上很出名，书迷为郭襄所作的诗。

我走过山的时候山不说话，我路过海的时候海不说话；
我坐着的毛驴一步一步嗒嗒嗒嗒，我带着的倚天喑哑；
大家说我因为爱着杨过大侠，找不到所以在峨眉安家；
其实我只是喜欢峨眉的雾，像十六岁那年绽放的烟花。

扮演郭襄的小姑娘明眸皓齿，穿着一件杏黄的衣裳，在灯光下耀眼夺目，走过舞台上的人造烟雾时，还发出了一声叹息，恰契合那首诗的结尾，叫人怅然若失，半天回不过神来。

Maupassant的中文其实并不好，一首诗听得半懂不懂，却神奇地让他如坠幻境，眼里全是那道杏黄身影。

等到他抽身出来时，追去后台，人已不见踪影，他遍寻未果。

他是有着法国人浪漫情怀的，也相信中国人说的"冥冥中自有天定"的缘分，总之在人群里那样的一眼，他便觉得，自己坠入爱河了。

如惊鸿一瞥，匆匆来，匆匆去，他像做了个梦，却连梦中人的姓名都不知。

带着这样的执念，他装上背包，跨越半个中国，独自来到了这座江南小镇，找到了传说中的溯梦馆。

惊鸿溯梦，两个名字都与他太贴切了，他想，这一定是上天的指引。

果然，在迷迷糊糊睁开眼的那一瞬，他见到了他苦苦寻觅的姑娘,她站在暖黄的吊灯下,微蹙着眉,让他耳畔骤然响起当初舞台上的那声叹息——

郭襄,郭襄就站在他眼前,原来不是在峨眉安家,而是在溯梦栖身。

尤知雨不厌其烦地再次解释着:"Maupassant先生,我想你认错人了,十五岁来到惊鸿镇后,我便再也没有踏出这里一步,你见到的'郭襄'不是我,你明白吗?不过面容相似而已,中国地大物博……"

"叫我卢景时。"Maupassant愉快地打断道,眨眨眼,用蹩脚的汉语一字一顿,"我和你一样,也是中国人。"

尤知雨无奈,后退一步,伸手将不断靠近的"假洋人"推开:"是,你也是中国人,可那又怎么样呢?难道就因为你是我八竿子打不着的华裔同胞,我就要对你撒谎,对你迎合,冒充你一见钟情的郭襄?"

她语速飞快,面前高出一个头的漂亮男孩冲她笑着,显然一时没听懂,也不打算听懂。

"我决定暂时在惊鸿镇住下,就住在这儿,溯梦馆里。"他半生不熟的中国话说得极慢,但字字表达得又极清楚,"接下来你所有的营业时间,我都买下了,以双倍的价格,可不可以?"

男孩眼眸亮如繁星:"请你做我的汉语老师,我想了解中国的武侠文化,了解金庸。"

风拍窗棂,头顶的吊灯摇摇晃晃,暖黄的光晕投在尤知雨脸上,她抿了抿唇,声音没来由地失了底气:"钱这种东西的确很难让人抗拒,但活在世上总还是要有点儿原则……"

"三倍。"

"你这样破坏规矩我真的很为难,我开这个溯梦馆不是仅仅为了钱的,我是想帮助更多人……"

"四倍。"

"你别逼我了,Maupassant先生,哦不,卢景时……"

"五倍。"

"好,成交,我住楼上,你住楼下,没事不准爬楼梯,最多住两个月,有没有意见?需不需要签合同?"

【3】这里的老板娘被我包下了

早五年的尤知雨,如果被人用金钱赤裸裸地诱惑,一定会义正词严地拒绝,但五年后的她,孤身一人在惊鸿镇定居,无亲无友,却知道钱有多重要了。

琴棋书画诗酒花,是属于五年前的她,柴米油盐酱醋茶,才是属于五年后的她。

溯梦馆门外,卢景时兴高采烈地挂上了"暂停营业"的牌子,有人好奇来问,他便眉开眼笑地回答:"因为这里的老板娘被我包下了。"

坐在门边正捧着热茶轻呷的尤知雨,一口茶水差点儿喷出,赶紧纠正:"不,不是的,是溯梦馆的业务暂时被包下了。"

打发走好事者后,尤知雨冲卢景时磨牙:"你的中文果然要好好教一教了。"

卢景时无辜摊手,笑得却像只小狐狸。

惊鸿镇的天总是水雾朦胧的,一年到头难见几次阳光,像个恨锁深闺的怨妇,愁眉不展,哀婉又多情。

而坐在门边呷茶发呆的尤知雨,眼神却又似个暮年的老者,无悲无喜,放空一般,不知在想些什么。

这与卢景时第一次见到的"郭襄"截然不同,却又让他莫名心定,也静静在她身旁坐下,学她的样子发呆。

五倍价钱换来的业务着实简单,白日里,尤知雨便带着卢景时到处走走看看,惊鸿镇的景物向来别有一番风味,没下雨时他们便去划船,荡漾开一层又一层的雾气,下雨了就撑把伞,并肩走上青石桥,看水波潋滟,雨打青荷。

到了晚上,尤知雨就给卢景时念书,讲金古温梁,讲长河落日,讲那些刀光剑影里的荡气回肠。

灯下卢景时听得很是认真,但碍于客观原因,常常听不太懂。

比如江南七怪与丘处机打赌,一寻郭靖,一寻杨康,耗费年年岁岁,搭进一生只为当日嘉兴烟雨楼上一个赌约。

比如曲洋与刘正风,一琴一箫,高山流水引为知音,最终合奏一曲《笑傲江湖》,相视而笑,永别人间。

再比如萧峰本为契丹人,却为了两国和平劫持了大辽皇帝,最终自尽于天地间,用一人之命去化解两族之怨,为百姓换来数十年的和平……

这些泛黄书页里的浮光一瞥,卢景时通通都听得一知半解,尤知雨也懒得多解释,只是打个哈欠,准备上楼睡觉。"中国人的侠义精神你是不会懂的。"

卢景时拉住她,急了:"我,我也是中国人!"

尤知雨故作惊奇,抽出袖子,转身嘀咕了句:"假洋人。"

【4】那都是很好很好的,可是我偏不喜欢

在卢景时住下的第九个夜晚,他爬上了楼梯,摸到了尤知雨床边。

尤知雨是被少年推醒的，醒来后脸上的泪痕还未干，便一声尖叫，一个枕头砸去："谁让你上来的？你这是违约要加钱的，知不知道？"

卢景时单手接住枕头，瞪着无辜的大眼睛解释道："因为……你哭……很凶……"

不甚流利的中文还是完美概括了原因，是的，卢景时半夜听到了楼上传来的哭声，以至他爬上阁楼，推醒尤知雨之前，她还在哭，并且哭得很凶，眼泪开闸般止不住。

知晓原委后，尤知雨有些窘迫，伸手就胡乱往脸上抹去："我在听以前的录音，不知不觉陷了进去……"

那带有魔力的声音，录下的过往片段，连她自己都不能幸免，恍惚间便坠入前尘。

"你在听什么？"

床头灯下，卢景时好奇开口，伸手就去扯尤知雨的耳机，尤知雨脸色一变，连忙躲开："喂喂，关你什么事，我给自己溯梦不行吗？"

"原则上来说，还真的不行。"这一回，卢景时直接甩法语了，一连串流利的法语抛出，正经而又头头是道，"合约上有注明，你接下来所有的营业时间都被我包了，不许招待任何一位客人，包括你自己。"

顿了顿，他补充道："如果违约，双倍赔偿，也就是你平日溯梦价码的十倍。"

灯光摇曳下，尤知雨张大嘴，望了卢景时半晌，像不认识他一样。

原来纯良的小羊羔，真身竟是只狐狸，猝不及防地让他扳回一局！

尤知雨咳嗽两声,迅速拔下耳机,一把塞入被窝,直接关机,做完这一系列动作后,她抬起头,露出了一个略带谄媚而又理亏的笑:

"卢景时同学,长夜漫漫,良辰莫负,你去把书架上的书拿来,我给你念文章,好不好啊——"

最后的"啊"字拖长了音,嗲得十分生涩而肉麻,卢景时抖了抖鸡皮疙瘩,露出"虽然嫌弃但勉为其难地同意"的表情。

当他终于起身去拿书时,身后的尤知雨长吁口气,而他也在这时,撤去一脸严肃,两眼一弯,得逞般地笑了,光影下只露出一口大白牙。

"白马带着她一步步地回到中原。白马已经老了,只能慢慢地走,但终究是能回到中原的。江南有杨柳、桃花,有燕子、金鱼……汉人中有的是英俊勇武的少年,倜傥潇洒的少年……但这个美丽的姑娘就像古高昌人那样固执:'那都是很好很好的,可是我偏不喜欢。'"

两个脑袋靠在床头灯下,分盖两床被子,共听一枕风声。

这一回念得有些伤感,卢景时却听懂了,兴高采烈地冲尤知雨比画着:"就是说我喜欢的东西,不管如何我都会喜欢,我不喜欢的东西,就算再好,我也不要。"

以卢景时的中文水平,能这样表达出来已经不易,尤知雨难得收起刻薄,在灯下宽容地点了点头。

今夜似乎格外安谧,又或是她先前已哭过一场,无力折腾,只觉缩在被窝里,暖暖的,无比安心,连念书的语气都不由得放柔几分。

"就知道我理解对了,因为我也是这样的感受啊。"得到肯定的卢景时很开心,漂亮的一双黑眸望向尤知雨,四目相对间,两个身影不知不觉挨得很近，近得能听到彼此的心跳声。

尤知雨忽然就脸红了，只因第一次被异性这样注视，还是个极其漂亮的少年，这本身就是难以抵抗的一件事，她为自己紊乱的心跳正找着说辞，卢景时却忽然一点点靠近她，攫住她的眸，一字一句道："就像你，我喜欢你，所以即使你脾气差，小气又贪财，有再多缺点，我也还是喜欢你。"

尤知雨愣了，紊乱的心跳暂时停住，气息吞吐间，卢景时却笑了，支起身在她额头上印下一吻，"Ma chérie 晚安，好梦。"

我亲爱的女孩，晚安。

直到卢景时下了楼梯，尤知雨仍未回过神来，晕晕乎乎的，两颊绯红，像饮了酒一般。

不知过了多久，阁楼上传来噼里啪啦的一阵声响："晚安个毛线，睡不着啊！"

楼上楼下灯火骤亮，尤知雨凌空探出脑袋，一个枕头从天而降。

"卢景时，来战！你听过雁门关大劫吗？"

【5】从此便没有幸福，只有不幸

在合约即将到期的前一周，尤知雨接到个电话，挂断后她便坐在门边发呆，连卢景时买了好吃的回来都没发现。

卢景时已经很久没见过尤知雨这样发呆了，他们熟识后，她发呆的时间就少了，整天都是嘻嘻哈哈、吵吵闹闹的，倒越来越像他第一次遇见的那个"郭襄"。

风掠长空，水面上升起雾气，卢景时正要开口，尤知雨已经抬头，拉住他的衣角，奇怪地问道："你是喜欢我，还是喜欢郭襄？"

问题太突然，卢景时愣了愣："为……为什么这么问？"

尤知雨面无表情："你只管回答就是。"

卢景时在她身旁坐下，想了想，扭头道："你就是郭襄，郭襄就是你。"

尤知雨摇头："不算，这样吧，你是喜欢第一次遇到的郭襄，还是喜欢在惊鸿镇里遇到的我？"

卢景时眨了眨眼，当真回忆起来："第一次遇到的郭襄……"他中文已经能说得比较流利，会表达的词汇也越来越多，这次居然用上了"惊艳"这个词。

"你从舞台上走出来，穿一件杏黄色的衣服，台上很多烟，都有些看不清你的脸，但你发出了一声叹息，那一刻，好像有什么击中了我的心，惊艳，对，你就像个惊艳的梦……"

卢景时撑着下巴，痴痴地呢喃，看得尤知雨没来由地烦闷，一下站起："我明白了。"

她招呼也不打一声，径直入了屋，留下陷入回忆的卢景时，还傻傻地坐着望天描述，却是忽然转过头，笑容灿烂地做出总结性发言：

"但我还是喜欢在惊鸿镇遇到的你！"

他笑容大大的，旁边却空空如也，那个本该等他回答的人早已不见踪影，叫他莫名其妙。他摸摸脑袋，不知发生了何事。

阁楼上的尤知雨缩在被窝中，耳机里传来自己曾录下的那些幸福与不幸。

五岁时一家人去的游乐园，处处欢声笑语，漫天的氢气球飞舞着，像个永远无忧无虑的童话世界。

八岁时参加的歌舞比赛，和妹妹在台上蹦跳着，妈妈用DV（录像）机将一点一滴都录了下来，两只美丽的小天鹅最终夺取第一名。

十三岁时学校里举办运动会，缺心眼的妹妹报了三千米长跑，最终坚持不下来，她在中途神不知鬼不觉地"顶了包"，跑到终点时，还被那个对妹妹有好感的男生搀扶住,紧张地问有没有事……

太多美好的片段,太多温暖的回忆,一切的一切,却终结在她的十五岁。

那场突如其来的灾难,像个梦魇,吞噬了她的一生。

从此便没有幸福,只有不幸。

耳机里是她泣不成声录下的最后一句:"对不起,知雨,妈妈……选了知晴。"

"啪"的一声,镜面破碎,四分五裂,尤知雨一下坐起,大口大口地喘着气。

她不要再溯梦,不要再被自己的声音带入那个绝望而不安的深渊中。

她抱住膝盖,久久地,在黑暗中无声而又压抑地哭了。

"为什么?为什么要放弃我?我没有做错什么,我也是妈妈的孩子啊……"

【6】还来不及享受青春,便已沧桑如暮年老者

五年前孤身一人来到惊鸿镇的尤知雨,其实还有个妹妹。

她的妹妹叫尤知晴,知雨知晴,她们是一对双胞胎,一对天生患病的双胞胎。

她们的病很奇怪,只要不被诱发出来,便一辈子和正常人一样。

但十五岁那年,尤知晴贪玩,做了一件不可逆转的错事。

她自小喜欢看动漫,长大后更是加入社团,玩起了cosplay。那一年,有对动漫里的姐妹花很出名,是COS圈的热门,尤知晴也买了道具回来,打算拍摄。

她拉了姐姐尤知雨一起来玩,好说歹说劝服她化了动漫妆,自己同样打扮起来,妆容的最后,是动漫里姐妹花最具特色的象征——

一个红脸，一个蓝脸。

为此尤知晴准备了两桶颜料，一桶红色，一桶蓝色，她自泼了后，又笑着泼了尤知雨一脸。

就是这两桶颜料，诱发了她们的病，把她们推向了鬼门关！

她们过敏了，装扮没多久后就全身发烫发红，脸上更是迅速肿起，一下连话都说不出来了。

是的，她们患的是先天性皮肤病，一种极其罕见的敏感性皮肤病，在不被刺激时，是和正常人一样，完全没有任何不同。

但那一夜，被颜料刺激诱发病症的两姐妹，被紧急送进了重症监护室，危在旦夕。

尤家父母从小千叮万嘱，却还是没能想到小女儿的贪玩以及大女儿的心软妥协。

尤知雨自小对妹妹有求必应，只是没想到这一回，会酿成这样的悲剧。

重症监护室里，医生走出来紧急通知家属，手术需要输入一种免疫蛋白，可医院的库存里只有一支了，市里也只有另外一家相隔极远的儿科医院才有，远水解不了近渴，而手术已经刻不容缓，怎么办？

那一定是一道世间最难做的抉择题，医生叫家属快点儿做决定，先用这支免疫蛋白救谁？

贴在重症室的玻璃窗外，尤妈妈哭到崩溃，手心手背都是肉，叫她如何选？

但她到底还是选了，在不停被催促的那个夜晚，她终是在手术协议书上签下了三个字——

尤、知、晴。

三个饱含热泪的字，她到底选了妹妹，选了尤知晴，放弃了一向更温顺的尤知雨。

"知雨,你会原谅妈妈的,对吗?你是那么听话的孩子……"

抵在玻璃窗上,尤妈妈哭成了泪人,如果可以,她宁愿躺在里面的是自己。

也许老天偶尔也会仁慈一回,被抛弃的尤知雨没有死,在尤知晴手术进行到一半时,医院在药库里找到了遗漏下的另一支免疫蛋白,及时给她做了手术,她捡回了一条命。

就这样,两姐妹都顺利从鬼门关里被抢救回来,但尤知雨却没有尤知晴幸运,因为错过了最佳救治时间,她留下了不可逆转的后遗症——

她的皮肤极其脆弱,此生都不可能再见阳光,稍不留神就会过敏丧命!

她才十五岁,但这辈子已经有太多事不能做了,她不能晒太阳,不能吃海鲜,不能去游泳,不能化妆,不能长时间面对电脑,甚至冬天待在温度过高的空调房里都可能受刺激,随时陷入危险!

生命中一下有太多"不可以",才十五岁的花样年华瞬间枯萎,还来不及享受青春,便已沧桑如暮年老者。

但这些都不是最伤害尤知雨的,最伤害她的是家人,是母亲在生死关头的抉择!

"对不起,知雨,妈妈……选了知晴。"

这句话一度成为她的梦魇,让她在无数个夜晚因号啕大哭而惊醒,她不是不懂事的孩子,她一向是最乖巧的,只是她想不通,仅仅因为她听话,她不哭不闹就可以轻易被放弃吗?

连母亲都会说,整个灾难对她而言是不公平的,做错的不是她,但既然知道,为什么还要放弃她呢?

这是尤知雨心里最大的结,永远难以解开,她永远难以说服自己。

【7】真正的"郭襄"要来了，假货当无所遁形

身体休养好后，尤知雨带上存有自己压岁钱的银行卡，在一个平常的午后，偷偷离开了家。

她把自己包得严严实实，坐上了去南方的火车。

她要去的地方在地图上很难找到，是个不出名的江南小镇，却有个很好听的名字，叫作惊鸿。

她早已查得清清楚楚，这里常年下雨，水雾缭绕，一年到头有阳光的日子屈指可数，最适合她定居了。

是的，她要在这里定居，一个人住，远离亲朋好友，远离过去那个温馨的家。

她没有什么想法，只是她一时难以面对家人，他们越愧疚，对她越好，她就会越害怕，因为她不知何时会再次被抛弃。

这一次，她不想再为任何人"活"了，没有牵挂，没有在乎，心如止水，也就不会受到伤害了。

既然她已经不能正常生活了，还不如在惊鸿镇定居下来，往后岁月一个人悲欢自尝，总比留下成为一家人的负累，相看两厌的好。

却是两个月后，父母与妹妹千辛万苦，总算找到了惊鸿镇，找到了她。

那时她的溯梦馆已开张一段时日，生意渐渐好起来，名声也一点点传了出去，她能靠自己的声音养活自己了，也能够适应没有阳光，一年到头阴雨连绵的日子了。

所以她拒绝跟父母回去，她情绪很平静，分析得也很客观："我没有恨你们，只是我的确回不去了，这里才是最适合我的地方，我的病你们也清楚，离开这里，我随时可能有危险。"

她用最理性的语言，遮掩了自己最感性的情绪，最终说服父母，让她一辈子在惊鸿镇定居。

他们说，逢年过节都会来看她，等妹妹大学毕业，他们退休了，就全都搬到惊鸿镇来，一家团聚。

对此尤知雨没发表什么意见，只是淡淡道："以后再说吧。"

世事瞬息万变，没有什么是永恒绝对的，一切的设想承诺，等真到那个时候能实现了，她再来发表意见吧。

她变了，她发现自己变得冷血了，凉薄了，好像对什么都不太在乎了。

却在送父母妹妹离开后的那个夜晚，她缩在被窝里，一遍又一遍地听着录音，听着从小到大，直至十五岁而终结的那些幸福片段。

像在饮鸩止渴，梦里她笑得有多开心，醒来时就哭得有多绝望。

电话是尤知晴打来的，她学校放假了，想来看看姐姐。

五年来，她经常来看尤知雨，但尤知雨总是淡淡的，所以两姐妹的关系也淡淡的，不会太好，也不会太坏，不温不火，就像惊鸿镇常年不绝的细雨。

尤知雨其实是害怕见到尤知晴的，因为她太明朗，身上全是阳光的味道，便更衬出她的阴郁潮湿。

一晴一雨，明明是相同的面容，周身气质却已像相隔千年。

没错，尤知雨常常觉得自己像千年前的一具古尸，埋在楼兰风沙里，连个盗墓的都不会去挖她。

但这一回，除了害怕，她却更多了些别的情绪。

真正的"郭襄"要来了，假货当无所遁形——就是这种感觉。

是的，从卢景时将她错认的那一刻起，她就知道，他说的那个人，一定是尤知晴。

她还是那么爱玩cosplay，四处参加动漫展去表演，结交一群志同道合的好朋友，还能在无意中被人一见倾心，念念不忘。

看，多完美的人生，尤知雨承认自己在那一刻……阴暗地嫉妒了，所以她没有立即对卢景时说出真相，反而态度越发刻薄起来。

可那个傻瓜，居然那么好骗，始终坚信她是他的"小东邪"，还和她做交易，出五倍价钱留下来，与她朝夕相处。

真是个傻瓜。

阁楼上，黑暗里的尤知雨呢喃着，手却不由自主地抚上额头，想起曾经印在这里的一吻。

她是争取过的，她问了他究竟喜欢谁，但显然结果不尽如人意，而她也无法做到那样卑鄙，所以——

"我会把'郭襄'还给你，就当谢谢你这段时日对我的陪伴，毕竟，我真的已经……一个人孤单了太久。"

【8】相逢有时，相聚无期，杨过，再见

尤知雨在惊鸿镇的咖啡馆里见到了尤知晴，她像个感情不太充沛的说书人，一路面瘫地讲完了全部经过后，临走时把溯梦馆的钥匙留给了尤知晴。

"你们去'相认'吧，你告诉他真相，我就不出现了，他还得在惊鸿镇待一段时间，你们就暂时安顿在溯梦馆里吧，我去住旅馆，祝你们玩得开心。"

背着行李跑去住旅馆的尤知雨，在起初一段时间里还是奢望过的，毕竟电影里不都那么演吗？男主角最终发现自己爱上了那个朝夕陪伴她的女主角，选择回头跑去找她……

但很显然，电影是电影，生活是生活。

卢景时那厮居然很愉快地接受了真正的"郭襄"，每天和尤知晴结伴游镇，玩得不亦乐乎，一次也没有想过来找尤知雨！

有了正主，便忘了先前的替代品，人之本性，很残酷却也很真

实,不是吗?

徒留尤知雨一个人站在旅馆的窗户前,从楼上望去,看下面两道身影走街串巷,熟络得仿佛相交多年。

"什么杨过,分明就是张无忌!"

尤知雨恨恨吐槽着,下了一针见血的判定,但傍晚尤知晴悄悄上来找她,犹豫着告诉她那个消息时,她愣住了——

"他真的说,要你跟他去法国?你也同意了?"

尤知晴点了一下头,又点了一下头,末了,小心翼翼地抬眼去看尤知雨,见她半天没说话,伸手去拉她的衣袖,用了讨好的语气:"这次……真的谢谢姐姐了,你是我们的月老,让我们都找到了对的人。"

风拍窗棂,尤知雨长长的睫毛微颤,不知过了多久,终于有了反应,她转过身,随手抹了下脸,声音仿佛从很远的地方传来。

"的确是桩好事,你也正好要留学,以后就同Maupassant定居在法国吧。"

心里却有个声音涌出,疯狂叫嚣着,扎小人儿般磨牙:"卢景时,你个假洋人,以后一辈子都不要让我在中国看见你!"

动身前一夜,尤知晴在卢景时的坚持下,在惊鸿镇发动了一场盛大的cosplay表演,更像是一场化装舞会,人人都可参与。

除了尤知雨。

她是不能化妆的,尤知晴当然知道,所以怕尤知雨闷,她特意给她带了自己珍藏的几套漫画,让她在小旅馆里打发时间。

但真到了那样的时刻,漫画怎么可能管用?

尤知雨站在窗前,看着下面一群人在狂欢,神色不由得有些黯淡。

尤其是当她看见尤知晴在灯下又扮回了"郭襄",而卢景时居然在她旁边,扮成了"杨过"时——

她颤巍巍地拿起手机,深吸一口气,终于做了一个决定。

拨通电话后没多久,就有人来敲门。

小镇只有一家影楼,衣服却很多,人也来得很快。今晚COS之夜的主题是"武侠",影楼早就提前做了准备,购置了一批服装租出去,尤知雨打电话时,神雕组的服装就只剩下程英的了——

因为这个黄老邪的关门弟子要戴面具,小镇没有姑娘想扮她,所以衣服被剩下了。

却正好给了尤知雨一次机会,她不用化妆也能COS了,直接换上衣服,戴上面具,拿着长箫就下了楼。

楼下花灯摇曳,各色江湖人物穿梭其中,简直像坠入一场侠骨柔情的梦。

戴着铁面具的"程英"左顾右盼,终是隔着人山人海,温柔地停住了目光。

于千万人中相遇,一眼万年,大概便是这般滋味。

她稳了稳心跳,径直走向灯下那道身影,走向那个断臂大侠,走向她最后的告别。

是的,今夜月皎皎,他既然不来找她道别,她便主动去找他吧,毕竟人世一场相逢,总归要画上一个完满的句号。

但心跳为何会越来越快,明知戴了面具不会被认出,手心却还是没来由地颤抖着。

正与"郭襄"说话的"杨过",似有所察觉,回头望去,人群里一袭绿衣手执长箫的女子,一步步走向他,像隔了千山万水,只为他而来一般。

他忽然就心头一动,也怔怔向那袭绿衣走去,连身后的"郭襄"

都忘记了。

那像是一种很奇怪的吸引,或者说是蛊惑,周遭都充盈着他熟悉的气息,让他无比想看一看面具下的那张脸。

但似乎有些遗憾,他判断错了,执箫的绿衣女子衣袂飞扬,与他擦肩而过,脚步并未停留。

他莫名惆怅。

却不知,有人在擦肩的那一瞬,于心底无声道别:"相逢有时,相聚无期,杨过,再见。"

直到走出很远后,尤知雨才敢停下来,站在月下心跳如雷。

她身后似乎有对话遥遥传来,断断续续,像是有关她身份的询问。

"看那一身应该是程英……亏你扮的还是杨过,你难道不知道吗?"

"喜欢杨过的不是郭襄吗?"

"程英也喜欢啊,一见杨过误终身,很多女人都喜欢杨过的,不过的确太多了,你不记得也正常……"

声音越隔越远,喧嚣渐渐被抛在身后,尤知雨脚步僵硬,终于在灯火阑珊处蹲了下来,摘掉面具,捂住脸,许久,泪水潸然而下。

人生在世如身处荆棘之中,心不动,人不妄动,不动则不伤;如心动则人妄动,伤其身,痛其骨,于是体会到世间诸般痛苦。

她又傻了,她不该"动"的,荆棘扎得太疼,她以后不会再"动"了,不会再为任何人"动"了,这一次……是真的。

【9】假郭襄与真程英

溯梦馆里,吊灯摇曳,尤知雨躺在长椅上,听着她为自己录的音。

这一回,是与卢景时相关的片段。

既然注定孤独终老,那么留下点儿念想也是好的,年年岁岁,总还能在梦中多笑几次。

耳机里传来的是最后擦肩而过的声音,那种撕心裂肺的疼痛再次袭来,长椅上紧闭双眸的尤知雨,脸上早已不知不觉地落满了泪,她双手胡乱抓着,忽然一下坐起:"不要,不要走!"

却是猛地撞到一个人的怀里,抬头间晕晕乎乎的,四目相对,只望见一张才在梦里告别过的熟悉面孔。

吊灯下,卢景时似笑非笑:"谁不要走?"

尤知雨愣了愣,紧接着发出一阵尖叫,推开卢景时:"啊啊啊,我掉在梦里出不去了,出不去了!"

事后风掠长空,尤知雨与卢景时并肩而坐,在门边喝茶望天,互相打趣对方。

"谁叫你当时一声不响地走了,我后面的回答才是重要的呢,听话只听半截儿最可恶了!"

"那也比某人好,真真假假分不出来,都被人蒙到机场了,要不是那丫头良心发现,和盘托出,恐怕下次来都带俩娃了!"

两个人你一言我一语,唇枪舌剑着,卢景时的中文简直进步神速,再也不会被尤知雨叫作"假洋人"了,却会被她笑成"笨蛋",人都分不清的"笨蛋"。

那时尤知雨给了尤知晴钥匙后,她的确是去找了卢景时,但还来不及说出身份,卢景时已经向她告白,不,确切地说,是向尤知雨告白。

他确认自己的心意,正式回答尤知雨之前的问题,表明他真正所爱。

这一幕让当时的尤知晴惊呆了，捧着鲜花的手微颤着，反应过来后，她迟疑地点点头，以姐姐"尤知雨"的身份答应了这份告白。

起初她只是觉得好玩与好奇，想看看自己假装姐姐像不像，而卢景时又何时会发现，但没想到渐渐接触下来后，她竟真的爱上了身边这个漂亮的少年。

她产生了"占为己有"的念头，并付诸实践，即使愧疚也难以自拔，不断安慰着自己，毕竟卢景时先遇到的人的确是她，他们只是错过了。

但在机场，她终于受不了内心的煎熬，将一切和盘托出，这才有了卢景时的中途折回……

"笨蛋，你真的愿意陪我留在惊鸿镇，一辈子不见阳光？"

"这里有山有水，风景优美，像个度假村，挺好的，重要的是……"

烟雨朦胧间，卢景时凑到尤知雨耳畔，笑弯了眉眼，一字一顿："这里不仅有假郭襄，还有个戴面具的真程英。"

在天蓝小镇遇见温禾姑娘

我会做的不喜欢,我喜欢的不太会做,人生总是挣扎在这种两难间,浮浮沉沉,不得其所。

许多事情明知不可为而为之,或愚蠢,却可爱。

现在,他们就要做这种愚蠢却可爱的事,风雪扑面,看不见未来,胸膛里跳动的那颗心却饱含期待。

【1】他乡异地,殊途同归

温禾的行李从旅馆里被扔出来时,当地时间凌晨两点,天蓝小镇早已进入安静的睡眠中。

留着络腮胡的大叔老板毫不怜香惜玉,愤怒地用德语指责着温禾。

温禾的德语还没到应答如流的地步,只依稀听清几个关键词。

"欠房费""赊账""不讲信用""骗子"……

她耸耸肩,捡起行李,拍拍上面的灰。

"我不是骗子,是骗子骗了我的钱,所以我才没办法付房费。"

不仅没办法付房费,连学校也进不去,学费高昂的贵族艺术学院,规矩凌驾于一切之上,哪像中国那么有人情味。

这趟跨越小半个地球的求学之旅,开头实在糟糕。

走在大雪纷飞,寂静无人的街头,温禾看了看天,苦笑咒骂。

"小浑蛋,真做得出,回去拔了你的孔雀毛!"

她把大衣裹了裹,左右环视,最终将目光锁定在长街尽头的唯一光亮处——

那是一座电话亭。

天蓝小镇的电话亭是温禾见过最豪华的,古典又漂亮,最重要的是，够宽敞。

她拖着行李经过时，曾无意说了句："这么棒，都能给人过夜了。"

没想到老天记性好，一语成谶，她如今真的要在电话亭里过夜了。

风雪呼啸，推开门的那一刻，温禾愣住了。

朱门酒肉臭，路有冻死骨，这年头连电话亭都有人比她抢先一步，她着实倒霉得可以。

"先生，让我挤挤行吗？"

温禾小心翼翼地把门关上，抖了抖帽子上的雪花，礼貌地用德语小声开口。

那蜷缩着的人迷糊地抬头，温禾差点儿脱口而出："哎哟，同胞啊！"

暖黄的灯光下，竟是张白净俊秀的东方面孔，但他一睁开眼，温禾那声"同胞"就生生咽了下去。

因为少年的眼睛是蓝色的，湛蓝湛蓝的，同天蓝小镇经年澄净的天空一样。

"叶清让？"温禾微眯了眼，啧啧感叹，"好名字，真有唐宋八大家的风范。"

少年是中德混血，德文名太长，温禾只记住了他的中文名。

他家就住在天蓝小镇，与温禾被扫地出门的境况不同，他是自己悄悄出走的，带上行李在电话亭里凑合一夜，天一亮就去赶飞机。

"你的名字也不错，温和无害，长得就很亲切。"少年的中文发音很准，一字一句，含笑而缓慢。

温禾摸摸脸，权当夸奖，欣然收下。

他乡异地，奇妙的境遇总能拉近人与人之间的距离。

少年捧着温禾的画夹，一张张翻看着，神情认真。

"你的画……"许久，他抬头，长长的睫毛微颤，"很一般。"

温禾一愣，脸上笑意不减，坦然摊手："是啊，大家都说我没天赋，我也这样觉得，所以我跑到这儿来了，我想拜师。"

少年点点头，抽出一张白纸，抬眼问温禾："有画笔吗？"

【2】很不巧，我就是个能歌善舞的南方姑娘

风掠长空，雪花纷飞，白茫茫的天地间一片静谧。

电话亭暖黄的灯光下，温禾安安静静地坐着，等叶清让落下最后一笔后，她迫不及待地接过了画像。

画中的女孩眉目清秀，唇角微扬，戴着藏青色的围巾，有着东方人的黑瞳孔与黑头发，置身于与暗夜交融的灯光中，像一株摇曳千年的青莲，在空谷雪山中肩负使命，静静守候远古的传说，无数美丽的遐想就那样扑面而来，灵气四溢。

温禾看呆了，从没想过有一天自己寡淡的长相也能这样空灵，当目光缓缓扫到落款处时，她的惊叹转为了更深的震撼。

"你……你就是'双子星'？"

天蓝学院里的古典派高手，美术系活招牌，人称"双子星"，得过无数国际大奖的黄金画师，超级天才。

真是做梦也没有想到，踏破铁鞋无觅处，她跨越小半个地球，千辛万苦要拜的师父居然就在眼前！

"很可惜，我已向院方递交了退学申请，尽管还没批下来，但天亮我就要赶飞机，去中国了。"

仿佛已经看出温禾的激动与意图，叶清让抢在她前面，耸了耸肩。

这就是他与父母争执，悄悄出走，半夜躲在这电话亭里的原因。

像是一盆冷水兜头浇下，温禾笑容凝固，从巨大的惊喜变为巨大

的愕然。

叶清让不等她开口,已经从背包里拿出一样东西,递到她眼前。

"看,这就是我要去中国的原因,绘画是父母从小强制我走的一条路,而我自己,真正所爱其实是音乐,我也想去拜师。"

他手中握着的是一管竹笛,在灯下散发着柔和的光芒,指尖轻抚过笛身,语气里是犹如爱侣般的眷恋。

"去年我在中国领奖,举办方请来乐坊表演节目,曲子我到现在都还记得,简直太令人着迷了。"

少年满眼心驰神往,却也夹杂着一丝黯然:"但很遗憾,在音乐上我也没有天赋,妈妈说我吹的笛子像哀歌,所以我得去它的故乡,也是我的第二故乡——中国拜师学习。"

风雪拍打着电话亭,天地间风声飒飒,温禾的目光在竹笛上停留许久,好半天,她才一点点伸出手。

她没和少年说一句话,只是当着他的面,怔怔地拿过竹笛放到嘴边,很快悠扬婉转的笛声便在电话亭里响起。

叶清让的眼睛越瞪越大,有光芒从他湛蓝的瞳孔溢出,及至一曲完毕,那光亮都没有消失。

但他还没来得及开口,温禾已经把竹笛塞回他手心,紧紧握住他的手,目光诚恳道:

"师父,你别去中国了,这玩意儿江南那片人人都会吹。"

顿了顿,她恬不知耻:"很不巧,我就是个能歌善舞的南方姑娘。"

【3】明知不可为而为之,或愚蠢,却可爱

叶清让很快帮温禾办好了入学手续,温禾说等家里把钱打过来,她就还给他。

叶清让不在意地挥挥手:"不用了,就当作我的学费吧。"

温禾握紧竹笛,几乎热泪盈眶:"师父,您太好了。"

人傻钱多,热心善良,外带奇葩的艺术追求。

叶清让看了眼温禾,摇摇头,同样不懂她脑袋里在想些什么。

明明会吹笛子会唱歌,声音像百灵鸟一样动听,考入天蓝学院的音乐系毫不费力,为什么还要一意孤行,选择自己并不擅长的绘画?

"关于这点,师父,您问一下自己不就清楚了?"温禾跟着叶清让去宿舍楼,左右环视,心情好到要飞起来,说话都眉开眼笑的。

"恕徒儿直言,师父的音乐细胞实在有限,放着天才画师不做,跑到中国学笛子,也是很醉人啊。"

叶清让脚步停下,回首望向温禾,温禾也笑眯眯地看着他,黑瞳蓝眸,四目相对,衬着飒飒冷风,皑皑白雪,许久,两个人同时哈哈大笑。

《白马啸西风》里的李文秀说,那些都是很好很好的,可是我偏不喜欢。

奇葩也好,脑子被门夹过也好,该发生的就是这样发生了,能怎么办呢?

我会做的不喜欢,我喜欢的不太会做,人生总是挣扎在这种两难间,浮浮沉沉,不得其所。

许多事情明知不可为而为之,或愚蠢,却可爱。

现在,温禾与叶清让就要做这种愚蠢却可爱的事,风雪扑面,看不见未来,胸膛里跳动的那颗心却饱含期待。

苏简是两个月后来到天蓝小镇的,寒冬过去大半,雪却将停未停,白茫茫的天地间,美丽得很萧索,动人得很清寒。

宿舍楼下,温禾一出来,苏简便迎面给了她一个大大的拥抱。

"姐姐，我好想你啊！"

温禾扶住要掉的围巾，透口气道："你想我这把老骨头流落街角，横尸饿殍嘛，我懂的。"

苏简将她放下，瞪着漂亮又无辜的大眼睛，说："可你现在不是顺利地入学了吗？家里对我是放任自流，对你可不会'见死不救'，我知道的。"

说着他眨了眨眼，一副"咱俩谁跟谁呀"的样子，叫温禾看了就来气。

"你先别急，这回我可是带了成果来见你的，毕竟功勋章有你的一半！"

苏简说着往背包里探去，满脸科学家般的自豪，温禾嗤之以鼻："什么功勋章？那是你骗了我的学费和生活费好吗，我都被人扫地出门，差点儿冻死在了街上，你个小浑蛋！"

苏简依旧嘻嘻笑着，脸皮厚到红都没红一下："不是还差点儿吗？我知道我美丽又聪明的姐姐总会有办法的……来来来，先不说那个了，快看我的孔雀十七号。"

他说话间已经把设备全拿出来了，开始当着温禾的面熟练地组装，一边装一边啧啧叹道：

"这次多亏了姐姐的资金援助，让我能将材料进一步升级，性能大大地提高，载重增加了两公斤，飞行时间与距离也都有了历史性的跨越……"

像个安全帽似的东西上，插着几片类似风扇叶子的机翼，里面是特制的精钢结构，外面则用七彩的孔雀毛装饰好，乍一看还以为是哪个游乐园里新推出的古怪玩具。

苏简手脚麻利，组装好飞行帽后，又从背包里掏出一个仿真人偶，将帽子戴在了人偶头上，系好安全带，然后退到一边，拿着个小型电子遥控器,煞有介事地操作起来。

很快,孔雀毛飞速旋转起来,像瞬间进入童话世界,和《哆啦A梦》里的竹蜻蜓一样,带着那个人偶一点点飞起,在白茫茫的雪地中,越飞越高……

一旁的苏简脸都要笑烂了,温禾却站在寒风中,眼神麻木地看着。

当苏简的孔雀十七号展示完毕,终于落下时,他捡起来屁颠儿屁颠儿地跑到温禾跟前,炫耀加畅想。

"看见没,这次的人偶比上回整整大了两个号,飞行的高度与时间也整整翻了0.6倍,简直是创举,相信不久的将来,人类的历史就将由我一手改变……"

年轻俊朗的面孔兴奋不已,雪地里,苏简喋喋不休地还未说完,温禾已经冷着脸打断了他。

"你最好趁我还残留点儿人性的时候,带着这堆破发明滚蛋,否则保不齐我兽性大发,把你的烂孔雀毛全部拔光。"

【4】那你这样又算不算离经叛道呢

叶清让来找温禾时,恰好撞见雪地里那一番争执。

苏简把银行卡递到温禾面前,想逗她笑一笑。

"姐姐,你看,我前段时间接了几个程序活儿,赚了不少钱,这不立刻把生活费给你还回来了吗?我可没骗你哟……"

他嬉皮笑脸地,把银行卡在温禾面前晃了又晃,温禾却忽然伸手一拍,狠狠地打掉了银行卡。

冷风瑟瑟,她深吸一口气,对着比她还高出一个头的苏简,恨铁不成钢。

"苏简,你这么大个人了,长点儿心好不好?别成天想那些乱七八糟的了,你明明有能力做中国最好的软件工程师,为什么要离经叛道,辜负爸爸妈妈的期望?你该把天赋和才能发挥在有用的地方,而不是成天折腾你那堆孔雀毛,关心人类究竟飞不飞得起来。"

声音不大,却字字透心,在风雪中久久回荡着,苏简连同不远处的叶清让同时沉默了。

直到一声轻笑,苏简弯腰,捡起了雪地里的银行卡。

"离经叛道?"他唇角微扬,漂亮的眸子望向温禾,"多新鲜啊,那姐姐你告诉我,你又为什么要背井离乡,孤身一人来到这个鬼地方?"

他不等温禾回答,已经自顾自地笑了,走近一步,压低声音。

"有句话我一直想和你说,你别生气啊,你的画功其实从初中起就没有进步过了,爸妈也很想让你继续跳芭蕾啊,那你这样又算不算离经叛道呢?"

说着,他把擦干净的银行卡放入了温禾的大衣口袋里,坦然无惧地望着她,笑意愈浓了。

"你……你这……小浑蛋!"温禾被堵得无话可说,咬牙切齿,也不管什么银行卡了,气得扭头就走。

却才走出几步,她又恶狠狠地回来,一把扯下脖子上的围巾,不由分说,动作粗暴地给苏简围上。

"天这么冷,穿这么点儿也敢来找我,冻不死你!"

她没好气地骂着,苏简盯着她,眼睛却越来越亮,最终笑弯了眉,伸手把她一下抱起,风一样地转起了圈。

"姐姐,你别装了,我就知道你可心疼我了,舍不得不管我!"

温禾尖叫着,长发飞扬,拼命挣扎:"小浑蛋,小浑蛋,你快放我下来!"

风声飒飒,白雪皑皑,笑声叫声响彻长空,却忽然一顿,像部演到一半的默片电影,戛然定格——

只因宿舍楼的尽头,叶清让身姿俊挺,一双湛蓝的眼睛漫过风雪,一步一步向他们走来。

温禾张大了嘴,蓦地就红了脸,赶紧胡乱拍打着苏简,从他怀里下来。

苏简遥遥望着走近的叶清让,微眯了眼,又看向紧张整理衣服的温禾,声音不自觉地就冷了下来。

"姐姐,你别告诉我,入学才两个月你就拜倒在德国帅哥的脚下了?"

【5】梦想就是别人都觉得像个笑话,而你当作宝贝一样的东西

苏简出事是在晚上十点,温禾火急火燎地赶到医院时,叶清让正守在病房外头,手臂上还包着纱布。

温禾一下捂住嘴:"怎么……怎么会弄成这样?"

叶清让起身,湛蓝的眼眸像片宁静的湖,轻声安抚温禾:"苏简喝醉了,不小心从楼上滚下,我送他来医院,还好没什么大事,只是腿上要打石膏,坐一段时间轮椅。"

温禾红了眼,又指向叶清让的手臂:"那……那你又是……"

叶清让看了看,不在意地一笑:"他想学鸟飞,我没拉住,擦伤的。"

温禾的眼泪与怒火瞬间汹涌而出:"飞飞飞,那堆孔雀毛我迟早给他扔掉,怎么不干脆摔死他?"

里头上药的苏简大呼小叫,还在胡乱喊着:"向银河出发,带着人类的使命,光荣而伟大……"

窗外雪花飘飘,天蓝小镇这一年的冬天,似乎格外漫长。

说来心酸,苏简这段时日过得极其不爽,上回在宿舍楼下,他第

一次见叶清让就怀有敌意，处处针锋相对，即使温禾说了叶清让所帮的大忙，以及"师徒"关系后，他仍是耿耿于怀，温禾也不知道他在发哪门子神经。

这回他不肯走，温禾便要他暂住在叶清让家中，他一声不吭，直接背着包去住了旅馆。

出事前是因为温禾又把他骂了一顿，而且是在舞蹈室，当着叶清让的面。

自从知道叶清让喜欢看芭蕾舞后，温禾便重拾老本行，隔三岔五和他约在舞蹈室，专门跳给他看。

每到这时，苏简就像安了哮天犬的鼻子，好巧不巧次次赶来，不由分说地插进来。

来就算了，他还得背着大包小包，坐到一旁捣鼓他那堆破发明，声音弄得震天响。

温禾也不知道他到底在别扭些什么，说了几次都不听，终于忍无可忍，在下午时把他的东西一股脑儿地塞回包里。

"你见过孔雀飞吗？去百科全书好好查查，白长一身漂亮的毛，最多也就飞个十来米高，同你的破发明一样，永远不可能真的翱翔蓝天，你就死了这条心吧！"

苏简急了，不肯走，抓着包抵在门边："这是我的梦想！"

温禾瞪他，继续把他往外推："什么梦想！"

就这样，苏简伤心离去，深夜在旅馆楼上发酒疯，老板瞧着不对劲，赶紧跑去叫叶清让。

叶清让赶来时，苏简正往头上戴飞行帽，一边红着脸打嗝，一边颠三倒四地说着"飞，我要飞，飞去找温禾"。

他赶紧跑上去拉他，却被他推到一边，还来不及阻止，他已经纵身一跃——

像只翅膀断了的鸟,重重摔下,一路滚下了楼梯。

医院里,苏简足足躺了半个月,温禾天天来送饭,又心疼又生气。

"养好伤就给我回国,再做蠢事直接打断你的腿,省得你自己摔了!"

苏简嘴硬:"这是个意外,总有一天孔雀号是能成功的!"

温禾气得就想摔碗:"成功了又能怎么样?真让你飞起来了又能怎么样?有什么意义吗?"

苏简依旧梗着脖子:"意义就是我实现了毕生梦想。"

温禾都快被气笑了:"如果实现梦想的过程都像你这样惨烈,那这世上就不要有活人了!"

她敲了敲他的石膏腿,问:"梦想是什么?你的梦想怎么就这样奇葩呢?"

苏简揉揉眼睛,低下头,好半天没说话,等到温禾凑近看他时,他才猛地一抬头,闷闷道:"梦想就是别人都觉得像个笑话,而你当作宝贝一样的东西。"

那一刻,偌大的病房像瞬间安静了下来般,连本要推门进来的叶清让都顿住了,握在门柄上的手久久未动。

梦想?他忽然觉得很有意思,第一次认真回想审视起来。

温禾能歌善舞,却喜欢画画,千里迢迢跑到异国小镇,学来学去都还是老样子。

苏简精通软件,却成天想着搞发明,做鸟人飞上蓝天,飞来飞去把自己摔成了石膏腿。

而他呢,有"黄金画师"之称,天蓝学院美术系的"双子星",却偏偏喜欢音乐,还一点儿音乐细胞都没有。

这算个什么事?老天爷的玩笑开得有点儿大。

每个人都在向往着自己并不擅长的东西，坚持着别人觉得可笑的梦想。

可梦想究竟是什么呢？

病房里传出苏简慌乱的声音："姐，姐你别哭了，我说错什么了吗？"

眼眶一涩，叶清让心头酸楚，湛蓝的眸中也有水雾涌起，无声无息地模糊了视线。

年轻时不怕闯，纵横四方总无畏，可当看不清前路，每一步都走得艰难，四顾茫然时，到底应该怎么做呢？

【6】他从未觉得，画画原来是件这样享受的事情

天蓝小镇春暖花开的时候，苏简的伤也彻底养好了。

但他还是不愿走。

这回倒是振振有词，指着天蓝学院的官网对温禾道："瞧瞧，第一届创意网游设计大赛呢，德国各大高校联合举办，天蓝学院也是其中一个据点，特等奖有笔不菲的奖金呢，我可不能错过，刚好把孔雀十七号升级成十八号……"

他越讲越兴奋，不由得去推温禾："这笔经费我要定了，姐，快叫那假洋人给我报个名去，我得借他的身份证用用……"

温禾眼一瞪："什么假洋人？人家上回还救过你呢！"

"好啦好啦。"苏简急不可耐，"蓝眼睛迷人又帅气的中德混血帅哥好吧，你快去找他呀！"

温禾被催得不行，又看了看网页，最终下定决心般："行，你等着！"

她一番权衡，让小浑蛋潜心制作网游，总比他成天捣鼓那堆孔雀毛，不知道又去哪里"跳楼"的好吧？

至于赢来的奖金,想做什么孔雀十八号的升级经费,门都没有,她到时一准儿给他扣下来!

对,就是这样,so perfect(如此完美)!

想通了的温禾,春风满面地找到了叶清让,开口第一句话就是——

"师父,我家小浑蛋要赚钱孝敬咱们了,天蓝小镇附近有哪些旅游景点啊?"

在苏简设计网游期间,温禾与叶清让约在舞蹈室,跳芭蕾的次数越来越多了。

苏简自然是哮天犬附身,从前是跟来捣鼓他的孔雀号,如今是抱着个笔记本电脑,坐到一旁噼里啪啦敲上一整天。

温禾也不再赶他了,三个人像有了别样的默契,偶尔相互望望,还能各怀心思地笑笑。

温禾跳的芭蕾舞需要配乐,起初是用机器放,但没几次叶清让就提出一个"惨无人道"的请求。

他想亲自为温禾配乐,是的,没听错,就是他来配乐!

他吹过笛子、口风琴,弹过吉他,最夸张的是有一次还搬来一架钢琴。

简直是"十八般乐器"样样试遍,但效果那个另类啊,当真是"令人发指",温禾还能凭着满腔仰慕,踮着脚尖勉强坚持住,但苏简可是一分钟都受不了,整个舞蹈室就听见他堵着耳朵拼命嚷着:

"要死人了呀,要死人了呀……"

叶清让很受打击,看向温禾,温禾笑了笑:"其实不错的,比以前有进步。"

说完,她心虚地把目光挪开了。

叶清让在这个温暖的春天里,感受到了来自四面八方满满的恶意。

他终于停止"摧残"温禾与苏简的耳朵,苏简如蒙大赦,上前舒了口气。

"真的,兄弟,你再不停,我要考虑发律师函给你了,告你以别种手段谋害我的身心健康,缩短我的正常寿命。"

就这样,乐器是带不了了,而在下一次,叶清让带上了画板与纸笔。

他望向温禾耸耸肩,笑容无奈:"希望这次你们能得到享受,而不是折磨。"

夕阳笼罩着舞蹈室,悠扬的乐声中,温禾一身洁白,踮起脚尖,翩翩起舞。

叶清让微眯了眼,在画板上落下了第一笔。

他从未觉得,画画原来是件这样享受的事情。

一舞完毕,温禾捧着画像陶醉不已,鼻尖都似乎能闻到春天枝头的鸟语花香。

连一向对叶清让刻薄的苏简走上前,看了半天后,也不得不感慨道:"你还真是那什么'双子星',我信了,不过我还是无敌幸运星,永远压你一头。"

末了,他拍拍叶清让的肩膀,语重心长:"假洋人,这才是你的正路啊,听我一句劝,这辈子都不要碰乐器了,好吗?"

【7】如果有一天,又忽然喜欢上了,怎么办呢

许多改变在不经意间悄然发生。

比如叶清让真的渐渐少碰乐器了,每次来都是带上纸和笔;比如温禾的芭蕾舞越跳越好,重新拾起的技艺不仅更上一层楼,似乎还添了不少喜欢;再比如苏简某一次问温禾,为什么很久没有画画了,她

刚跳完舞,捧着叶清让的画作,回头莞尔一笑:"我已经在画里了呀。"

曲中有舞,舞中有画,画中含曲,温禾与叶清让心心念念的一些东西,似乎在不经意的天长日久间,悄然融合,如春蕊绽放般,实现了各自的圆满。

而这份圆满,也给了苏简最大的灵感。

他终于知道他要做什么样的网游了,集三人之所长,一款美术与音乐相结合,在游戏里为玩家插上翅膀,自由徜徉,好玩又浪漫的游戏。

配上温禾跳芭蕾舞时的画,每一张都对应一个音乐符号,让玩家在游戏中戴上飞行帽,在美丽的孔雀羽旋转之下,带他们飞过城堡历险,闯过一个又一个关卡,获得足够多的画卷后,开启音符之旅,自由谱曲。

获得的画卷越多,可供选择的音符就越多,玩家发挥自主创作能力,排列画卷,组合音符,谱出一首又一首属于自己的曲子。

游戏既经历了历险,又有美好画面的享受,还能得到独一无二的纪念。

这个念头简直不能更棒,苏简立刻把想法告诉了温禾与叶清让,他们互相望望,同时从对方眼中看见了惊喜。

三个人说干就干,各展所能,开始夜以继日地制作这款游戏,浑身上下像有使不完的劲头。

在比赛规定日期的最后一天,他们总算彻底完工,将这款命名为《小禾清音》的网游,激动而郑重地交给了院方。

德国各大高校的作品很快齐聚在一起,审核的时间说长不长,说短不短,除了去舞蹈室外,温禾与叶清让相约最多的地方就是初见的那座电话亭。

没办法，苏简的狗鼻子太灵了，他们简直怀疑他安了定位系统，或是在舞蹈室里放了监控器。

选来选去，电话亭倒是个温暖别致又饱含回忆的好去处。

等到夜深人静时，温禾与叶清让便带着各自的家伙，悄悄进到里面，关好门，在灯光下挤一挤，望一望，四目相对，脸红红地傻笑。

一个画画，一个吹笛，美好得像回到了中国古代，过着隐居山林，红袖添香般的生活。

"我从前怎么不知道原来画画这么有意思？"叶清让画了无数张各种各样的温禾后，发出感慨。

"我从前怎么不知道原来笛声这么好听？"温禾低头，耳朵根子都隐隐发红，像饮了蜜糖般。

李文秀说，那些都是很好很好的，可是我偏不喜欢。

如果有一天，又忽然喜欢上了，怎么办呢？

而苏简，仿佛也有了新的人生追求，他的孔雀号暂时被放到一边，他成天守在电脑旁，只是不断地改良着《小禾清音》那款游戏。

他有种很强烈的预感，这款游戏，将陪伴他走过未来很长一段路。

【8】人生最奇妙的地方就在于，它总有很多种选择

比赛结果出来那天，三个人正在舞蹈室里，广播忽然响起，突如其来的好消息瞬间抵达全校每一处角落。

夕阳笼罩下，三个人你望望我，我望望你，同时愣住。

"我刚刚好像出现幻听了……是说《小禾清音》得了特等奖吗？"

随着这一声呢喃，舞蹈室里忽然响起一阵欢呼声，三个年轻人相拥在了一起，又哭又笑。

外头风掠长空,花草盎然,天蓝小镇的天还真是格外蓝呢。

这一年,叶清让有了一次意义非凡的旅行。

旅行的地点是中国,传说中人人都会吹笛子,每个姑娘都能歌善舞的江南。

温禾与苏简的故乡。

走过石拱桥时,温禾撑伞在最前面,叶清让紧跟其后,却是苏简忽然凑近,在他耳边笑嘻嘻地问道:"假洋人,这里可是我的地盘了,你怕不怕?"

叶清让扭头,湛蓝的眸子像一片宁静的湖,他唇角微扬,字正腔圆:"你错了,中国也是我的第二故乡,对于未来,我有很多期待。"

苏简煞有介事地点点头:"哦,那你可要小心了,我不会退让的。"

叶清让一笑,在江南烟雨中清俊如斯:"荣幸之至,拭目以待。"

再后来会怎么样呢?谁也不会知道。

也许温禾会成为一个很出色的芭蕾舞者,天鹅一般的身影会跃然于别人的画中,以另一种方式实现自身的追求。

也许叶清让会在世界各国开巡回画展,吸引来不计其数的艺术家,为他的画写诗作曲,谱入他梦寐以求的歌声中。

也许苏简会开一家软件公司,研发出各种各样的项目,把他奇思妙想的点子通通加上去,在网络海洋中酣畅淋漓地徜徉。

中国有句古话"穷则变,变则通"。

西方也同样有句古话"条条大道通罗马"。

当梦想与现实相撞时,不一定要飞蛾扑火,殒身不恤,也不一定要绝望放弃，终身郁郁。

  人生最奇妙的地方就在于，它总有很多种选择，无数的排列组合下，总有一座灯塔是属于你的，让你在喧嚣尘世，不会踽踽独行，四顾茫然，能够为你照亮前行的方向，以别种方式实现那些最初的梦想。

  不负初心。

如有天孙锦,愿为君铺地

如有天孙锦,愿为君铺地。
镶金复镶银,明暗日夜继。
家贫锦难求,唯有以梦替。
践履慎轻置,吾梦不堪碎。

【1】她就像一个见不得光的偷酒贼,酗饮不停,迷醉不止,而酒却是偷来的

整座城市,恐怕只有简南棠一个人是喜欢雾霾天的。

她看着镜子里的自己,秀气的眉,漆黑的眸,挺直的鼻,目光最终落在嘴巴处的……那口龅牙上。

像一幅顶好的江南画轴,被顽童信手涂鸦,恶意毁坏得干干净净。

一声轻叹,简南棠戴上口罩,好似动画里的美少女变身般,镜中人一下颜值UP(增加)到百分,窗外的风吹过她的刘海儿,扑面而来的学生气息,清新纯净,美好到简南棠自己都有些晃神。

如果一年四季都是雾霾天……该有多好?

踏上地铁,简南棠小心翼翼地往里走,目光在熟悉的车厢里,寻觅着那道每天都在期盼的身影,却是肩头被人轻轻一拍,她回首,正对上那张灿烂含笑的少年面孔。

"你来了,我们到那边去,人少点儿。"

少年背着一把吉他,很高很白,身形清俊,左边脸颊还有个小小的酒窝,好听的嗓音更是让人如沐春风。

简南棠的脸下意识一红，少年却已经自然地牵起她，穿过人群，往车厢更幽深静谧处而去。

俊男美女本来就打眼，一路吸引了不少目光，看起来就像大学里一对无比般配的小情侣，少年浑不在意，简南棠却在羞赧的同时，低头心虚地将口罩又拉了拉。

两个人在车厢深处站定后，少年轻轻围住简南棠，另一只手摘下单边耳机，笑着递给她："我昨天新录的歌，你听听。"

他比她高一个头，说话的气息就萦绕在她周遭，让她感觉整个人都被他包裹住一样。

耳机里传来轻扬的歌声，她不由自主地跟着哼了起来，他垂首望她一笑，她便清晰地听见了自己的心跳声。

忽然好希望，这辆地铁……永远也不会停下来。

第一次遇见陈栩言时，简南棠没有想过这会是老天爷送给她的最好的礼物。

那时车厢拥挤，他被推搡到她身边，背上的吉他被人撞到，眼见就要坠落在地时，她鬼使神差地伸手抱住，自己却失重跌倒。

他将她一把拉起，她抬头，他有些怔神，接过吉他时倏然冒出一句："谢谢，你的眼睛真漂亮。"

也许醉心艺术的人天生就有一颗浪漫的心，这样的话自他口中说出，她一点儿也没感觉到轻薄，反而有一种受宠若惊的难以置信感。

两个人就这样认识了，没有约定，却每日都在地铁上默契地找寻对方的身影。

那些不用宣之于口的东西，开始一点点滋生。

多么巧合，简南棠虽然不是音乐专业的，但她从小就热爱唱歌，她的歌声也十分婉转动听——但她几乎没有在人前唱过，原因不言而喻。

遇上陈栩言后,仿佛旧时的爱好又被重拾起来,她在某一天鼓足勇气,递给他一只耳机,耳机里是她录的一首英文歌,青春飞扬,将人从闹市中一下拉回清新的校园,她现在还记得他当时惊艳的眼神。

萍水相逢的缘分,因为跳动的旋律,又被陡然拉近几分。

从那日后,他们就时常进行这种特殊的音乐交流,繁忙穿行的地铁上,两颗心也越贴越近。

简南棠像一个见不得光的偷酒贼,酣饮不停,迷醉不止,却始终有个可怕的声音提醒着她,酒……是偷来的。

她隐隐担心的东西,在这一天的地铁上,终于发生了。

歌声循环到第三遍时,陈栩言递给她一个软皮本,唇角微扬道:"曲子和词都是我自己作的,你打开看看,感兴趣也可以拿回去录一版。"

简南棠轻轻翻开,少年清逸的笔迹跃然纸上,她噙着笑,却在翻到底时,身子一僵。

陈栩言好听的声音适时传来:"如果想清楚了,这周可否给我答案?"

简南棠手有些微微发颤,感觉有些难以呼吸,那乐谱和歌词的最下面,赫然写着一句话——

"南棠,下月六日有场音乐节,你愿意陪我参加吗?"

【2】不学无术,走街串巷,遛马斗蟋的纨绔子弟

赶到郊区别墅的时候,简南棠还犹如踩在海水中,一颗心浮浮沉沉,看不到远方的灯塔。

她失神上楼,段西池早静候已久,修长的手指正飞转着一本书,回头瞥见她,吹了声口哨:"怎么了?简大嫂,你撞鬼了?脸色这么

差？"

对于段西池不礼貌的调侃，简南棠早就习以为常，她没有理会他，只是坐下后翻出包里的英语书，淡淡道："上次留的作业写完了吗？"

段西池喊了声，干脆吐出三个字："不会写。"

简南棠面无表情，把他手里正在转的书一把抽了过来，随意摊开在桌上："哪里不会？我教你。"

段西池未料到她速度这般快，倒愣了一愣，眼睛往她身上瞟："哟，今天好凶啊，真撞鬼了？"

"你下半年就要考托福，依你现在的英语水平，不可能过得了，你难道一点儿都不着急吗？"简南棠抬眸看他。

段西池伸手在桌上又抽了本书，漫不经心地一转："急什么呀，就是那对无聊夫妻多事，我又没想出国，考不过就考不过呗，会少两肉？"

段西池口中的"那对无聊夫妻"，不是别人，正是他在国外高校任教的父母。

说起段家，是真真正正的书香门第，不仅段西池的父母，他的爷爷奶奶也是国内著名的物理教授。

几代人的熏陶，偏偏就生出段西池这么一个怪胎，还是一株骂也骂不得，打也打不得的宝贝独苗。

古人云"金玉其外，败絮其中"，这句话就是为他而造的。

他名字文雅，长相文雅，派头也能唬唬人，就是不要开口说话，一开口就是气死人的节奏。

真要搁在古代，他绝对是个不学无术、走街串巷、遛马斗蟋的纨绔子弟。

段家没办法,觉得他可能不适合中式教学的氛围,想来想去,想到送他出国留学这条路,可家里大人忙,谁也没时间管他,就只好请"外援"。

要进段家的门,那自然是高标准高要求,能轮到简南棠头上,纯粹是因为她脾气好。

是的,在简南棠来之前,段西池已经气走了两位数的家教,最后弄得段家没办法,只能在招家教的要求里加上显目的一条——有超于常人的耐心与好脾性!

英语系研二在读学生简南棠,就这样脱颖而出。

事实上,在最开始很长一段时间里,她都受到段西池的"言语侮辱",他当着他爷爷奶奶的面,就毫不客气地叫她"大龅牙""丑八怪""土包子"……

段西池的爷爷奶奶都是学术气很重的老人,根本压不住孙儿的口无遮拦,只能慌忙把简南棠拉到一边,不知对她说了些什么,回来后简南棠就对那些恶意外号充耳不闻了。

她果然是能忍的性子,每次来都自备口罩,不给段西池"倒胃口"的机会,教学上更是耐心细致,挑不出一丝错,渐渐地,段西池也就索然无趣,没那么闹了。

段家两位老人都松了一大口气,看简南棠的目光也越来越慈爱。

其实,简南棠没有那么伟大,效贤师育弟子,她只是很缺钱罢了。

她去咨询过,要矫正自己的骨骼和牙齿,需要一大笔钱,她不欲给清贫的家中添负担,只能自己打工慢慢攒,还好,她遇到了报酬颇丰厚的段家。

对于"叛逆学生"的几句难听话,她还有什么好计较的呢?

窗外有风习习吹来，简南棠思绪又回到地铁上，乐谱下那突如其来的相邀，她对此正心神不宁着，耳边忽然传来段西池不耐烦的声音，她一个激灵，有些慌乱地随手一指：

"你……你先把这个翻译一下……"

段西池斜睨一眼，练习册上赫然是道文学鉴赏题，一首从没见过的外文诗歌，他瞧了半天，哼了哼："这什么玩意儿？你确定我能翻译出来？"

Had I heavens' embroidered cloths
Enwrought with golden and silver light
The blue and the dim and the dark cloths
Of night and light and the half light
I would spread the cloths under your feet
But I, being poor, have only my dreams
I have spread my dreams under your feet
Tread softly because you tread on my dreams

他随手翻到后面的答案解析，念了出来："如有天孙锦，愿为君铺地……"

简南棠一怔，段西池已经啧啧叫了起来："不错嘛，这谁翻译的，这么浪漫，为什么和我想的完全不一样？"

他迫不及待往下看去，原来这是爱尔兰著名诗人，叶芝作的一首诗，翻译者是一位民国时期，毕业于清华大学的先生，居浩然。

解析十分详尽，段西池难得一次津津有味地看完，最终发出感慨："还是汉语美啊，你倒过来试试？咱们的诗翻译成外语，指不定毁成什么样，那对无聊夫妻也不知怎么想的，居然让我出国，有没有搞错……"

喋喋不休中，简南棠失了神般，陡然站起："我……我想通了！"

"什么？"

简南棠抓起包，眼中闪烁出别样的光芒："今天就上到这儿，我想起还有点儿事情，我先走了，你自己再温习一下……"

"喂喂喂，你干什么去？你赶着去投胎啊？"

直到一口气跑出别墅，踏上地铁，简南棠的心跳都未平息下来。

她不是赶着去投胎，而是默念着那句动听的诗歌，趁着涌出的一股勇气还未消失之前，给自己一次冲破雾霾天，抓住光明的机会。

"下月六日，不见不散。"

信息发出，颤抖的指尖握紧手机，一点点按在了胸口处，久久未动。

【3】说真的，别可怜我，我不需要那种恶心的东西

因为彼此互明的那个约定，地铁上的邂逅变得更加甜蜜与微妙，陈栩言很开心，简南棠也很开心，但推开别墅的门时，她掩在口罩下的一张脸就笑不出来了。

大厅灯光四射，动感的音乐响彻整楼，一群少男少女或坐或站，吃吃喝喝，唱唱跳跳，俨然将一座书香圣殿变成了一个大型KTV。

众人齐齐回头，段西池从一座架子鼓前站起身来，唇角慵懒上扬："啧，我家那个烦人的小老师来了，别管她，你们继续……"

拖着人上了楼，关上门，段西池双手抱肩："我搞乐队的朋友来玩玩，今天你别下去了。"

简南棠还处在愣神的状态中，闻言长长的睫毛一颤："你怎么能这样呢？"

她之前就隐约听说段西池爱玩音乐，自己还和人搞了个乐队，但因为段家二老看顾得严，她也没有机会见识，这次两位老人去参加某省的一个学术研讨大会，需要出差一周，临行前还特意嘱咐了她，要看好段西池别让他乱来。

她本来还以为人一走，段西池就会像脱缰的野马，结果倒挺规矩，一连上了好些天的课都无异样，她才放下心来，他就在这最后一天给她来这么一出，让她惊得措手不及。

对此，段西池显然不以为意："我怎样了？"

他挠挠耳朵："好不容易家里两位大人都出门了，我也乖了那么多天，这最后一日，总要让我轻松轻松吧？"

"可你的功课怎么办？"简南棠没能忘记段家二老的叮嘱。

段西池一声嗤笑："功课？你听听，下面唱得多有激情，多有朝气，这才是年轻人该过的日子，如此大好时光用来补习，简老师，你不觉得太浪费了吗？"

"强词夺理。"简南棠皱眉，去摸包里的手机，"不行，我要跟你爷爷奶奶说一下……"

"喂喂，你还真想打小报告啊，你这女人怎么这么油盐不进呢？"

段西池急了，上前要去夺简南棠的手机，两个人正缠作一团，却在这时，"扑通"一声，意外突发——

段西池的身子直直坠地，四肢猛烈抽搐起来，嘴里更是吐出白沫，俊秀的一张脸痛苦扭曲着，整个人像被推入万劫不复的深渊之中。

这一切发生得太过猝不及防，简南棠震惊难言，脑袋里第一反应就是三个字：羊癫疯！

她刚来段家做家教时，段西池的爷爷奶奶就把她拉到一边，同她悄悄说过，段西池身子不太好，因为常年生病，性格有些古怪，让她多担待一点儿，不要同"病人"一般计较。

那时她满口答应下来，可转眼看到段西池生龙活虎的样子，又觉得他根本没有什么病，她还一直以为是两位老人心疼孙儿，想了这种托词来让她多照顾的，却没想到这竟然是真的！

"你……你怎么了？屋里有药吗？我该怎么做……"

来不及多想，简南棠慌忙去扶段西池，却被他不受控制的身子甩开，踉跄之下也跌跪在地，她顾不上自己，赶紧去将段西池的头抱住，害怕他撞到要害。

段西池在她怀里，艰难地伸出手，指向书桌下的抽屉："白……白瓶子的，拿两粒……"

简南棠急忙点头，手忙脚乱地去拿药，好不容易倒出两粒，一回头，却发现段西池不知何时挪动到了门边，正痛苦地用头撞门，发出不小的动静。

楼下显然也有人听到了，乐声缓了缓，似乎有人上楼来查看。

"西池，西池，里头怎么了，你还好吧？"

几个少男少女聚在门外，探询着想要进来，一门之隔，简南棠抱着吃下药的段西池抵着门，按着他不住抽搐的手脚。

段西池在她怀里眸含哀求，咬牙摇头，似乎在对她说，千万不要让他的朋友进来，不要让他们撞见他这副不堪的模样，求求她了……

简南棠呼吸微颤，眼神里满是不忍，心里更有说不出的难过，她点点头，高声一扬："说你两句就摔东西，哪儿来的臭脾气，是你爷爷奶奶让我管你的……"

门外正敲门的几人吓了一跳，简南棠却抬起手肘，将门一撞，把一位严师的姿态表现得淋漓尽致："门外的听什么听，还不快离开段家，把这儿弄得乌烟瘴气的，像什么样子？"

外头的几人面面相觑，笑了起来："哟，这小老师好凶的，西池有得苦头吃了……"

等到脚步彻底散去后，段西池已经在简南棠怀里出了一头的冷汗，脸色更是苍白如纸，简南棠紧紧抱住他，担心道："你好些了吗？"

段西池抽搐的手脚渐渐平缓下来，他过了好一阵儿，才望着简南棠，虚弱地笑了笑："在小说里，你这种人是要被灭口的。"

窥见了别人最不堪的一面，知道了别人最难以启齿的秘密。

简南棠一愣，有些哭笑不得，而紧接着，心弦松懈的她……也真的无声地哭了起来。

那眼泪像无意识般，莫名地就落了下来，简南棠自己也说不出是什么滋味，她只是看着怀中的少年，胸口无来由堵得发慌，倒把段西池惊到了。

"你哭什么？我吓到你了？"

简南棠摇头，不说话，事实上，她根本回答不出来……她只是觉得老天无比残忍，给了身为女生的她一口丑陋的龅牙，又给了那样骄傲的他，一种最没尊严的病。

此刻再想起平日里他的张扬胡闹，她只感觉到有一股说不出的苦涩。

微妙的气氛在房中蔓延着，简南棠不用开口，段西池似乎也猜到她在想什么，仰头看了她许久，才像平时一样勾起唇角："其实，我发现……

"你眼睛还挺漂亮的嘛。"

调侃的语气一出来，简南棠立刻像触电一样放开了段西池，她抹抹眼泪，看着段西池大笑不止，笑到一半，他却支起身来，攫住她的眼睛，三分认真三分随意。

"说真的，别可怜我，我不需要那种恶心的东西。"

【4】世界仿佛支离破碎，简南棠清晰地听到自己牙齿战栗的声音

知道段西池的病后，即便简南棠再怎么装作若无其事，但在上课的时候，还是会有意无意对他露出更加耐心、更加柔软的一面。

段西池鸡皮疙瘩都要起来了："真是个小圣母，少用这种眼神看我！"

说是这样说，但段西池交的功课也没那么潦草了，让他学什么也都会配合了，更不知从什么时候起，他让她上课的时候摘下口罩，对她的龅牙一副宽容大度的样子。

"老闷着不好，反正也看习惯了，丑就丑呗，世上丑的人多了去了，难道都不要活了吗？"

对于段西池这种刺耳另类的"安慰"，简南棠深吸口气，握紧手中的笔，不住地在心里告诫自己不要同"羊癫疯少年"一般计较。

日子就这样悠悠过去，有什么东西悄无声息地改变着，而简南棠与陈栩言约定的那一天，也终于到来了……

对于这场盛大的露天音乐节，简南棠向段西池打听的时候，他明显一愣："你也知道？你要去吗？"

简南棠赶紧摇头，但顿了顿，还是露出藏不住的浅笑："我和朋友约好了……去看看。"

段西池有些奇怪："什么朋友，怎么笑得这么诡异？"

"走开！"

如今站在音乐节入场处，想到段西池那张讨厌的八卦脸，简南棠就又好气又好笑，心中的紧张也不由地缓解不少。

她今夜特意打扮了一番，脸上化了淡妆，黑发披肩，长裙摇曳，月下远远望去清丽无比。

只是，她的脸上依旧戴着口罩。

想到接下来要向陈栩言袒露她的"真面目",她一颗心就悬在半空,忐忑至极。

但该来的始终要来,陈栩言背着吉他,迎着夜风奔到她跟前,俊秀的面孔在月下熠熠发光,吸引了不少入场女生的目光。

他自然地牵起她的手,由衷地说:"你今夜好美。"

那语气中带着她所知晓的期待,她在他灼热的注视下,抬起另一只手,一点点伸到脸上的口罩:"我要告诉你一件事,不知你能否接受……"

口罩被缓缓拉了下来,陈栩言脸上的笑容在顷刻间僵住:"当然能……"他甚至一句话都没能说完,便倒吸了一口冷气,后退了一步。

月下简南棠的身子却颤得比他还要厉害,她终于彻彻底底、完完整整地显露在他面前了,她心跳如雷,脑海中默念着那句美丽的情诗,希望给自己一些勇气,能够昂首直视他的目光,但是,几秒之后,她知道自己失败了——

因为那目光里是近乎荒唐一般的难以置信,像是老天爷与他开了一个天大的玩笑一样,少年背着吉他步步后退,脸色煞白犹如见鬼,他仿佛已经极力在抑制自己的情绪,但仍旧有些语无伦次:

"对……对不起,我……我可能需要平复一下……"

他几乎是转过身落荒而逃,简南棠长裙飞扬,下意识追出几步,却又赶紧停了下来,握紧双手,死死咬住唇。

泪水模糊了视线,世界仿佛支离破碎,简南棠清晰地听到自己牙齿打战的声音,以至于她根本没能听见身后的动静,不知何时走来一个乐队,为首的几人惊讶道:"欸,这不是西池家的小老师吗?"

【5】家贫锦难求，唯有以梦替，践履慎轻置，吾梦不堪碎

简南棠在第二天，顶着一对红肿的眼睛来给段西池上课，还阔别已久地再度戴上了口罩，任凭段西池怎么劝说也不肯摘下。

段西池期间几次看向简南棠，欲言又止，终于，在她第十二次伸手拉口罩时，他再也忍不住道："昨天在音乐节上，究竟发生了什么？"

简南棠手一颤，段西池眼神急切，凑近她："我朋友说看到你在哭……"

简南棠慌忙低头，声音发抖地否认着："没……没有，我昨天没有去音乐节，看错了吧……"

她胡乱地翻开书，却正好停在上回诗歌鉴赏的那一页，指尖一颤，那动人的翻译原来还有后面几句，几句将温柔尽数打破的现实——

如有天孙锦，愿为君铺地

镶金复镶银，明暗日夜继

家贫锦难求，唯有以梦替

践履慎轻置，吾梦不堪碎

窗外寒风瑟瑟，直吹入心底的荒凉，久久地，简南棠的眼泪潸然落下，一点一滴，模糊了书上的字迹。

"是，我是去了音乐节，只是和我约好的那个人从我的梦里逃走了……"

也许压抑已久的痛楚，只需要一个小小的突破口就会倾泻而出，灼热的泪水打湿了口罩，段西池听到最后，胸膛控制不住地起伏着，握紧拳头一捶桌子，气不打一处来："这王八蛋若让我撞见了，我非打得他牙齿掉光不可，让他去嫌弃别人……"

说完他才意识到什么，反手抽了自己一嘴巴："那啥，我不是那个意思,你别往心里去啊,你这样挺好的,不会有人嫌弃的……"

却是越说越错,说到最后段西池舌头都要打结了,干脆又一拍桌子,摊开了说:"有什么大不了的,不就是龅牙嘛,去做个矫正就好了,总比我羊癫疯好吧!"

他一向最忌讳提到那三个字,这回却为了简南棠脱口而出,简南棠诧异地抬头看他一眼,见他那不自在的模样,又是感动又是好笑,她摘下了口罩,低声道:"我一直在攒钱,再攒一年,或许是两年、三年……应该总能攒够吧?"

"攒钱?"段西池长长的睫毛动了动,盯住简南棠的脸颊,漂亮的眼睛一转,笑得意味深长,"钱嘛,的确是个好东西。"

托福考试应期而来,段西池果不其然地没有过关,段家一片唉声叹气,他却没事人似的,不知和爷爷奶奶说了些什么,上楼关上门,往电脑椅上一坐,抛给简南棠一个厚厚的信封。

简南棠正在总结段西池错误的地方,埋头自责不已,突然被个东西砸到,猝不及防:"这……这是什么?"

"打开看看就知道了呗。"

再迟钝的人,在看到满满一信封的钞票时,都会惊得变了脸色,简南棠像被烫到似的:"给我这么多钱做什么,我不要……"

"又不是白给你的,家教费啊。"段西池一手把信封推了回去,理所当然道,"你拿去矫正牙齿呗,能治好的干吗要拖,还想学王宝钏苦守寒窑等十八年啊?"

"可家教费早就结清了,我不能再多拿一笔,再说你考成那样,我怎么有脸……"简南棠绯红着面孔,没有想到段西池会来这么一手,她又着急又尴尬,心里又有股说不出的暖意。

"少啰唆了。"段西池一挥手,打断道,"简老师,你可别误会了，这是接下来一年的家教费。"

"一……一年?"简南棠原本还在推拒着，闻言手一顿，抬首霍然瞪大了眼。

"对啊，你用一年来矫正恢复，我用一年来学习英语考托福，我们一起努力改变，到时你的龅牙没了，我的成绩也上去了，岂不是两全其美?"

段西池双手抱肩，得意地挑着眉，显然策划已久，也顺利地说服了段家两位老人。

简南棠揣着信封，怔怔地看着眼前的少年，窗外又有风吹动，拂过段西池唇边的笑。

简南棠忽然觉得，这一回的风，比以往任何一次都要温柔暖和，就像坠入另一个梦境般。

【6】等音乐节散场后，给我答案好不好

浮云苍狗，白驹过隙，一年光阴转眼而过。

简南棠拉开窗帘，阳光倾洒入屋，她换上晚上去音乐节的长裙，看着镜中的自己。

秀气的眉，漆黑的眸，挺直的鼻，目光最终落在嫣红小巧的那张唇上。

像一幅顶好的江南画轴，终于去掉了顽童所有恶意的涂鸦，干干净净，美好清丽，再不留一丝遗憾。

而比这更让人高兴的是，段西池那"纨绔少爷"居然考出了一个让所有人都意想不到的好成绩，段家二老笑得嘴都合不拢了。

但简南棠其实一点儿也不意外，在她心里，段西池本来就是那样聪明的少年，最明亮、最飞扬、最温暖。

段西池的父母已经在国外联系好了几所高校，就等段西池出国就

读了,在这之前,一年一度的露天音乐节也来临了,段西池和他的乐队会一起参与,作为临别纪念,一场最后的相聚狂欢,简南棠也会去音乐节替他们加油打气。

当再次等在那个入场处时,沐浴在清月之下,简南棠好像恍如隔世,但迎面走来的那一行少男少女,却分明提醒着她,这是再真切不过的美好现今。

"小老师,你今天好漂亮啊,你看西池眼睛都挪不开了……"

有少年吹了声口哨,打趣道,简南棠脸一红,却也的确带着隐隐的期待看向段西池,他站在半明半灭的灯光下,头发做了一个很夸张的造型,更衬得那张脸俊秀飞扬,对上简南棠的目光时,他却是难得地含蓄了一回。

"嗯,挺好的。"

轻轻的一句话,如饮蜜酒,叫简南棠抿唇笑了,低下头,微风拂过耳畔发梢。

入场时她走在他旁边,状似不经意地问道:"想好去哪所学校了吗?"

夜风飒飒,段西池沉默了一会儿,忽地扭头,露出意味不明的一笑:"你想我去哪儿呢?"

他问得很奇怪,不是问她去哪所学校,而是问她希望他去哪儿,简南棠一愣,段西池便在下一秒给出了解释:"我是说,你希望我去国外,还是留下来?"

只有两个人能听见的一句低问,让简南棠陡然心跳加快,抬头看着神情认真的段西池,她正要开口,乐队却已经被叫去了后台。

段西池跟着乐队往里走,却才走几步,忽然转过身,冲简南棠挥挥手,在灯火下遥遥说道:

"等音乐节散场后,给我答案好不好?"

一辈子如果没有看过一场酣畅淋漓的演唱会,该有多遗憾?

简南棠站在人群中,跟着所有人一起大声喊着,舞台上,那个她心中最明亮飞扬的少年,站在最瞩目的聚光灯下,用自己的歌声点燃了全场。

就在满场的气氛达到顶点时,舞台上的段西池忽然对着话筒道:"这首歌想送给一个人,我想让她陪我一起唱!"

整个乐队仿佛约定好一般,架子鼓敲得震天响,所有人齐齐喊着"小老师"。

全场彻底沸腾!

简南棠被稀里糊涂地推上了舞台,段西池牵住她的手,递给了她另一个话筒,在她耳边狡黠一笑:"我偷听了你手机里录的歌,你藏得够深,所以要接受惩罚。"

这真不知是"惩罚"还是"惊喜",简南棠这辈子都没有想过自己能够登上舞台唱歌,聚光灯打在她身上,她看着下面欢呼的男男女女,握着话筒的手微微发颤,眼眶也难以抑制地湿润起来。

段西池选的是一首青春飞扬的外文歌,正是在简南棠手机里听到的那首,当熟悉的歌声响起时,在后台调试吉他的陈栩言霍然抬头,有些难以置信。

他挤到舞台下方,看到了那道最耀眼的倩影,几乎不敢相信自己的眼睛,那冲击实在太大,就像一年前她带给他的冲击一样。

只是这一次,当初的所有惊慌都变成了剧烈的心动,他的目光随着聚光灯的闪烁,在身边其他人狂热的喝彩中,变得痴迷起来……

【7】奔入一场火树银花的梦中

音乐节的开场与散场都无比热闹,段西池的乐队第一次登上舞台,就成了这次音乐节上最大的亮点,下台后许久都还被不少女学生团团包围。

段西池伸长脖子，在退场的人群中找到了简南棠的身影，兴奋地向她挥手，简南棠也笑着回应，正要朝他奔近时，身后却忽然传来一个熟悉的声音：

"南棠，好久不见。"

遥遥地，段西池的目光冷了下来，身边乐队的朋友像发现了什么似的，惊奇地指向不远处，正与简南棠说话的那个吉他少年，段西池听着听着，眉头越皱越紧。

简南棠一心只想去找段西池，对眼前拉住她的陈栩言，除了感到一丝尴尬外，别无任何想法。

"你最近……还好吗？"

陈栩言似乎很紧张，简南棠心不在焉地点点头，余光却瞥到乐队那儿正指着她这边，同段西池在说些什么，段西池抿紧唇，深深看了她一眼，什么也没说，只是拨开围着的人群，孑然一人地走了。

简南棠的心忽地揪紧，顾不上再应付陈栩言，直截了当地一口打断他："对不起，我这周五没空，下周五没空，下下周五也没空……我有点儿事，先走了，再会。"

最好不要再碰到了。

简南棠急切转身，也不管陈栩言愕然的模样，径直朝着一个方向追了出去。

那边乐队里，几个少年望着这一幕，对视而笑，直接朝陈栩言比了一个得逞的手势。

段西池坐在冷冷清清的花坛边，一轮孤月照在他身上，三三两两退场的人经过他身边，都没有注意到这个阴影下的少年，就是方才在舞台上光芒四射的主唱。

简南棠在场外转了许久,夜风吹过她的裙角发梢,她好不容易才找到那道熟悉的背影。

"西池!"

段西池蓦然回头,看到灯火阑珊处,简南棠气喘吁吁地瞪着他:"你干吗不等我啊?那个答案你不想听了吗?"

几分意外,几分惊喜,段西池揉揉眼睛,有些不敢相信:"你……你不是……"

"是什么是啊?你唱歌唱得大脑缺氧,不会思考了吗?"

简南棠头一回朝段西池喊道,段西池坐在花坛边,眸光几个变幻,忽然站了起来,欣喜若狂。

乐队和陈栩言同时从场地里走出时,看到的就是遥遥相望的两个人,如上了发条般,一下迎风朝对方奔去,笑意盎然,像奔入一场火树银花的梦中……

白头鹰与笑面狐

生活不是在苦等暴风雨过去,而是学会如何在风雨中跳舞。

踢过的球,唱过的歌,写过的练习册,同青春一起不会分开。

暮色四合里,微风拂过发梢,两个少年的身影拉得很长很长,宛如逆光飞翔。

踢过的球，唱过的歌，写过的练习册，同青春一起不会分开的，除了白头鹰与笑面狐、罗密欧与张无忌，还有俞南川与夏宜修。

【1】大爷，把篮球还给我

俞南川与夏宜修的初次相遇绝不算愉快。

那是高二开学的时候，文理刚分班，俞南川抱着篮球经过走廊，刚要踏进新班级，身后离得老远就传来一个声音，莫名其妙地喊住他——

"嗨，大爷，谢谢保管，可以把篮球还给我了！"

他脚步一顿，一头雪白的短发迎风飞扬，配着一张俊秀的少年面孔，显得更加格格不入。

如果不是眼神太差，就是故意戏弄，事实证明，气喘吁吁跑上来，一拍他肩膀，笑嘻嘻伸出手向他要篮球的小子，根本就是存心挑衅！

"大爷，谢了啊，我不是说去传达室拿吗？亏您还特意跑过来送一趟，真是麻烦了。"

走廊上不知不觉聚集了不少好奇的目光，已经开始有人窃窃发笑。

俞南川一句话也没说,只是抱紧篮球,冷冷地看着眼前同他差不多高的臭小子。

居然……过分到这个地步了吗?

因为"少白头",他从小到大没少受到非议,可他从来没有想过居然有一天会有人恶意地冲他叫"大爷"!

"嗨,大爷,那个我要上课了,篮球给我吧……"

五根手指在他眼前晃了晃,以为他没听清,又凑近反复问了几遍,俞南川清楚地听到周围的笑声越来越大。

那一定是一场所有人都觉得滑稽,只有俞南川觉得一点儿也不好笑的闹剧。

他铁青着脸越过那浑小子就想走,浑小子却不依不饶地拦住他,僵持的气氛中,上课铃在这时尖声响起,他还没怎么着呢,浑小子倒先急了,上前就想来抢球。

"大爷,把篮球还给我,我要上课了!"

正所谓忍字诀的最高境界是……忍无可忍,无须再忍!

俞南川一拍篮球,终于爆发出一声怒喝:"谁是你大爷?给我撒手!"

怒喝伴随着结束后的铃声,响彻整条走廊,全场静默了三秒,紧接着抢球的浑小子像吓到一般,骤然发出一声怪叫。

"啊啊啊啊,对不起,对不起,我认错人了……"

触电般的叫声中,全场又静了三秒,然后爆发出更大的笑声。

不说认错人还好,一说"认错人"简直是更大的侮辱!

俞南川气到浑身发抖,抱着篮球死死地盯着眼前的臭小子,这梁子,算是结下了!

事后夏宜修的解释是,那天忘戴隐形眼镜了,直到听到他的声音才发现认错了人。

俞南川直接一口啐去:"你是瞎子吗?"

那时他们已经成为勾肩搭背,能一起踢球一起打游戏一起嬉笑怒骂的兄弟,但事实上,起初很长一段时间,俞南川都对夏宜修毫无好感。

偏偏开学第一天,因为相似的身高,班主任还将他们分在一起,做了同桌。

没上几节课,夏宜修就扛不住俞南川的冰川脸,主动递了字条过来。

俞南川同学:

  很高兴和你成为同桌,关于今天早上的事情,我感到万分抱歉,我眼神不太好,高度近视,早上忘戴隐形眼镜了,再次向你说声抱歉,希望以后的日子里我们能互帮互助,成为相亲相爱的好同桌。

俞南川冷冷一笑,停住手中正在转的笔,言简意赅,两个字——"走开!"

【2】晕血的白头鹰

俞南川和夏宜修很快为新班级里两道奇异的风景。

作为青春期的女生,最喜欢的大概就是那种长得好看,学习又好,身上又能带点儿小气质的干净少年了吧。

而这几点,俞南川和夏宜修通通符合。

俞南川是以全年级数学第一名的成绩进来的,夏宜修是以全年级语文第一名的成绩进来的,班主任分到这两位"状元",高兴得就跟捡到两个宝贝似的,第一节课就大夸了一通,还将他们安排成了同桌,美其名曰"强强联合"。

可天知道,这哥俩根本不对盘,不,是俞南川单方面看不惯夏宜修,而班上的女生们也很快发现,两位帅哥"状元"果然只能用来看看。

俞南川性格孤僻,对人对事都冷冰冰的,不太合群,请教他个数学题且能活活把人冻死。

夏宜修倒不冷,见谁都笑得跟阵春风似的,可惜眼神实在差到外星球去了,几位成天在他跟前晃悠的女生都分不清,常常能把小A叫成小B,把人气个半死。

于是没多久,"白头鹰"和"笑面狐"的外号就传了出去,一个是天之王,一个是地之精,天差地别的距离,起初谁也没有料到,飞禽和走兽也能成为好兄弟。

虽然时常认错人,但夏宜修再没认错过俞南川,就他那头标志性的白发,除了门卫大爷,还有谁能比肩?

这番玩笑话才说出口,就换来俞南川一记狠狠的瞪视,夏宜修摸摸鼻子,自讨没趣。

关系的转折在于一次踢足球,对,又是球。

俞南川觉得,夏宜修一定是自己命中的克星。

他挎着肩包好好走在操场上,那家伙居然也能飞起一脚砸中他,这是怎样的"孽缘"啊!

"扑通"一声,下一秒,整个大活人就消失在了操场上——

俞南川和砸中他的足球都向后一仰,直接掉进了身后的大坑里,那个因为学校要维修水管,特意凿开的大坑。

"俞南川!"伴随着惊声高呼,夕阳下,夏宜修风一样奔去。

天地良心,他真不是故意的!

自从和俞南川成为同桌以来,他就一直千方百计和他交好,想化解之前的矛盾,好不容易关系有点儿缓和了,他就想更进一步,把他拉进班上的足球队，让他别那么不合群。

于是踢球时他隔老远就看见俞南川，伸手想招呼他过来一起玩，哪知道身体比意识先行一步，直接凌空一脚正中目标。

大坑里，俞南川的境况可谓惨烈，他腿部被尖锐的钢管划了一道口子，正噌噌地往外冒血，一张本就苍白的脸变得更加白了。

夕阳中，他望向赶到坑边的夏宜修，几乎是咬牙切齿："夏、宜、修，你讨厌我就直说！"

气喘吁吁赶来的夏宜修哭笑不得，连连摆手，二话不说就跳入坑里，和其他同学齐心协力地把俞南川弄了上来。

一出大坑，他还来不及歇息，大汗淋漓地就背上俞南川，直奔医务室。

一路上引来无数人的注目，俞南川几番挣扎，脸色越来越苍白，夏宜修都觉得不对劲了。

"喂，俞南川，你还好吧，怎么感觉特别严重，难道伤筋动骨了？"

俞南川咬紧牙，头晕目眩中呼吸不稳，说："我……我晕血……"

"咯噔"一声，夏宜修的脚步一顿，不知是该哭还是该笑，而他背上的俞南川已经洞悉他在想什么，狠狠而又气若游丝地"威胁"道："你……你要是敢告诉别人，我绝不饶不了你……"

夏宜修憋住笑，猛点头："一定一定，那就和好吧，作为交换条件，多公平！"

俞南川苍白着脸："走……开……"

暮色四合里，微风拂过发梢，两个少年的身影拉得很长很长，宛如逆光飞翔。

【3】夏宜修，你又没戴隐形眼镜吗

夏宜修做了俞南川半个月的"人肉拐杖"。

腿上缠着绷带的俞南川行动不便，想去哪里都由夏宜修搀扶着，吃饭、打水、上自习，甚至上厕所。

敌我情绪也许就是在这种尴尬而亲密的接触中慢慢消减的，取而代之的是一种无法言说的"革命友谊"。

男生不像女生，心中没那么多弯弯绕绕，很多事情摊开了就好，虽然俞南川依旧保持着他的冰川属性，夏宜修依旧"狐眼不认人"，但飞禽和走兽的组合总算不是在冷战中度过了。

等到高三开学时，夏宜修已经能很自然地搂过俞南川的脖颈儿，逼他交出暑假玩的同一款游戏中的通关秘诀了。

就在这样嬉闹的高三伊始，班上转来了一个学艺术的插班生，肖琪琪。

那是一个时尚漂亮的女生，五官十分欧化，尤其一双眼睛，不是黑色，而是浅棕色，带点儿混血的味道。

俞南川破天荒地盯着看了许久，看到夏宜修还来不及打趣，自己先开了口："我觉得她很像一个人。"

夏宜修一听来劲了，甩头抛出一个贱笑："像谁，你初恋？"

俞南川一本正经："不是，像我妈。"

夏宜修差点儿一口水喷出，抖着肩膀在课桌底下闷笑："啧啧，看不出您老还有点儿恋母情结呀。"

俞南川没理他，只是仍旧盯着台上的女生看，雪白短发下的一张脸若有所思。

俞南川想要追求肖琪琪，夏宜修确认了好几遍后，才相信他不是在开玩笑。

冰川居然也有融化的一天，简直天方夜谭，难道这就是传说中的"一见钟情"？

面对夏宜修的打趣，俞南川抿了抿唇，也不知该如何解释，他说不上来是什么感觉，只是看见她就很想保护她，不想让她受到一点儿伤害。

这话把夏宜修酸得呀，直抖鸡皮疙瘩，腻歪程度堪比琼瑶奶奶的戏。

不过打趣归打趣，夏宜修也不含糊，当下就帮俞南川起草了一封情书。

他摇头晃脑，扬扬自得，以他"作文小天才"的江湖名号，如此惊才绝艳的情书，还不是手到擒来！

可惜的是，情书还没送出去，中间先发生了一个小插曲。

夏宜修在走廊拐角的地方，收到了两张话剧门票，剧目俨然是经典不朽的《罗密欧与朱丽叶》。

俞南川看见那一幕时，并没有上前，也没有说话，他只是默默看着夏宜修露出一贯的"春风笑"与一贯绅士迷人的姿态，然后接下了那两张票，并且不知说了些什么，让眼前送票的女生更加羞涩，点点头，欢喜地转身跑掉了。

那个女生，不是别人，正是情书里的主人公，肖琪琪。

直到像往常一样和夏宜修去吃饭时，俞南川才听到他笑嘻嘻地道："周末去看话剧吗？"

他掏出那两张门票，在风中扬了扬："有个女同学送的，不好拒绝呢，打算邀你一起去看，我和她说好了，三个人比较不容易尴尬。"

见俞南川没说话，夏宜修又笑道："不喜欢看话剧？哎哟，就当陪兄弟一趟吧，你也知道我最怜香惜玉了，实在不忍拒绝啊，谁叫兄弟魅力无法挡，哈哈……"

平时开惯的玩笑，此刻听起来，实在是一种多么刺耳的炫耀。

俞南川深吸了口气，停住脚步："夏宜修，你又没戴隐形眼镜吗？"

扔下这句话后，俞南川白发飞扬，头也不回地走了，留下呆在原地的夏宜修，半天没回过神来，一只手还僵在风中。

天地良心，他又做错什么了？

事实证明，俞南川愤怒的不是心仪女生看上了他最好的兄弟，而是他最好兄弟的刻意欺瞒与羞辱。

而事实也证明，夏宜修的眼神已经没救了，他从头到尾压根儿就没记住肖琪琪长什么样，走廊拐角处又昏暗，他当时只以为送票的是班上的其他女生，这才在俞南川面前造成了误会。

误会虽然在夏宜修的电话炮轰中解释清楚了，但紧接着一个问题来了，如何让肖琪琪同学"移情别恋"？

握着两张话剧票，夏宜修陷入了沉思。

【4】一匹来自星星的摇滚狼

周末，剧院门口，当等候多时的俞南川与肖琪琪看到姗姗来迟的夏宜修时，几乎同时跌破眼镜——

一身不知年代的摇滚嘻哈服，洗得泛白的牛仔裤上弄了几个破洞，头发乱糟糟的，像才睡醒，脖子上挂着又粗又俗气的地摊金项链，配合脸上的超大墨镜，整个儿就是一杀马特！

俞南川倒吸了一口冷气，第一反应就是后退一步，杀马特夏宜修却摘掉墨镜，冲他挥挥手，绽开灿烂的笑容，直接旁若无人地欢快奔来，给了他一个大大的熊抱。

"不用太感动，兄弟这回牺牲有点儿大，只能帮你到这儿了，剩下的你自己看着办。"

小声的耳语中，被抱住的俞南川四肢僵硬，委实觉得感动得有些惊吓。

因为折腾造型来得晚了，夏宜修赶到时，话剧已经开场了，三个人在剧院门口面面相觑，最终还是夏宜修提议，不如改去看电影。

如果俞南川早知道排了那么久队，最后被告知上午只能买到剧场版葫芦娃的电影票的话，他宁愿改去游乐场，至少两边都是小孩儿扎堆，在游乐场还能呼吸点儿新鲜空气。

"妖精，快还我爷爷，快还我爷爷……"

大银幕上斗得火热，下面的夏宜修却早已昏昏欲睡，架在脸上的超大墨镜，让人怀疑他究竟是来干什么的。

等到夏宜修被拍醒时，电影已经散场，睡眼惺忪中，他只看见俞南川面无表情的一张脸。

"电影……完了？"

"嗯。"

"肖琪琪呢？"

"走了。"

"走了？"

"接了个电话就走了，让我和你说一声。"

气氛沉默了几秒，夏宜修长长的睫毛微颤，抬眼小心翼翼地开口："老俞，那个，我……是不是又搞砸了什么？"

俞南川摇头，依旧面无表情："不是，你只是做了我和你组队打游戏时一贯做的事。"

专业坑队友二十年。

周一去上课时,夏宜修受到了一路的目光洗礼,认识的不认识的都冲他笑:"哥们儿好酷啊,还玩摇滚!"

他和俞南川对视一眼,感觉莫名其妙,谁知进了教室后更夸张,一群围在肖琪琪桌前的女生一见他来,齐齐发出一声尖叫,眼神直冒各种红心泡。

人群中的肖琪琪探出脑袋,冲他和俞南川晃了晃手机,笑得颇有深意。

而事实上,她也的确做了件八卦的事,夏宜修这才知道,人不可貌相,肖琪琪时尚漂亮的外表下居然藏了颗那么八卦的心——

不知道她什么时候拍了他不少周末"杀马特"装扮的照片,还一股脑儿地发到了学校论坛里,最过分的是,还起了个语不惊人死不休的题目:

《语文状元?笑面狐狸?不,他是一匹来自星星的摇滚狼!》

帖子内容之劲爆,图片之火辣,语言之惊悚,导致点击率飙升,留言以两位数为单位猛烈增长,高三(59)班的夏宜修一下成了学校名人,在所有人心中,他都是一匹隐藏在校园里炫酷的摇滚狼。

夏宜修欲哭无泪:"老俞,到底谁坑谁?兄弟这回被你害惨了!"

【5】穿旗袍的法国女人

为了"赎罪",也为了"堵口",又在一个周末,俞南川将夏宜修和肖琪琪邀请到了自己家中。

这回吸取教训,俞南川提前就跟肖琪琪说好了,回去就将"摇滚狼"的帖子删掉,也不能透露他家里的情况。

等见到那栋欧式别墅时，夏宜修才知道俞南川为什么那么慎重，敢情真正深藏不露的是他这只白头鹰呀！

夏宜修一拍俞南川的肩膀："老俞行啊，藏得够深，你丫居然还是一富家子弟！"

俞南川笑了笑，笑容中带了一丝难以察觉的苦涩。

如果说这已经够让人吃惊的了，那么当那身娉婷旗袍从楼梯上缓缓走下来时，夏宜修和肖琪琪瞪大的眼都不够用了。

俞南川一声咳嗽，伸手介绍："这是我妈妈。"

不不不，他们吃惊的不是他妈妈的出现，而是眼前这个穿旗袍的美丽妇人居然是个外国人！

对，浅棕色的瞳孔，高挺的鼻梁，雪白的皮肤，姣好的身材，再加上一身合适的旗袍，远远望去就像一幅油画，形成了一种完全不同于东方女人的欧式优雅。

夏宜修深吸口气，望向俞南川，话都说不利索了："老俞，你……你居然是个……混血儿！"

其实很久以前，夏宜修就觉得俞南川"长"得不一样，皮肤特别白，五官特别深邃，有种说不上来的味道，他那时还以为是他那头拉风的白发形成的错觉，现在才恍然大悟，老俞居然还真"不一样"！

难怪他一看见五官欧化的肖琪琪会挪不开眼，因为从某种意义上说，肖琪琪还真挺像……他妈妈的。

俞南川的妈妈是个法国人，有个好听的名字，叫作伊莲，就是那首经典法语歌里的伊莲，她十分热爱中国文化，不仅中国话说得好，还会唱昆曲，同俞南川的父亲就是在国外的唐人剧院认识的。

浪漫传奇的经历听得夏宜修和肖琪琪都入迷不已，整个交谈的气氛其乐融融，伊莲妈妈很开心，说俞南川难得带同学回家，她还握着夏宜修的手笑吟吟，说常听俞南川提起他，他们是最好的朋友，俞南川性子闷，在学校里多亏了他，他真是个好孩子。

夏宜修都被夸得不好意思了，只觉得伊莲妈妈实在热情亲切，一点儿也不像俞南川那样沉默孤僻。

谈到兴起时，伊莲妈妈还特意上楼去换戏服，想为夏宜修和肖琪琪唱一段昆曲。

俞南川的神情在这时有了变化，他站起身来似乎想要阻止母亲，但最终还是睫毛颤了颤，在母亲的笑容中慢慢坐了下去。

他已经太久没有看见……妈妈笑得那么开心了。

真是舍不得让那笑容消失，就让她唱一次，应该……不会有事的吧？

一颗忐忑的心在婉转响起的戏曲声中渐渐放松下来，场中的"杜丽娘"甩着水袖，仿佛光阴在逆转，又回到了曾经的一出游园故梦中。

就在这时，看得入神的肖琪琪去拿桌上的水果，手一偏，却没想到，一个意外发生了——

"咔嚓"一声，她不小心打碎了手边的瓷盘，突兀的声响划破一室安详，场中婉转的唱腔戛然而止。

几乎是"嗖"地一下，俞南川猛然站起，但还是来不及了。

受到惊吓的伊莲妈妈抱住头，发出一声撕心尖叫，弯腰就要胡乱地去抓一地碎瓷，那疯癫的模样哪还有先前半点儿优雅。

"不！"俞南川脸色惨白。

夏宜修眼见不对，也赶紧上前帮忙，一片混乱中，他手臂却剧烈一痛，原来是伊莲妈妈抓起了碎瓷，在拼命挣扎中划伤了他的胳膊，顿时鲜血淋漓。

俞南川脸色更白了，仿佛小时候那个布满血色的世界又扑面而来，就是从那时开始他才晕血的。

而夏宜修更是手忙脚乱，这恐怕是他永远忘不了的一次经历。

整个屋子一片狼藉，尖叫的尖叫，晕血的晕血，剩下个肖琪琪还被吓得躲老远，哆嗦着身子说不出话来，帮不上一点儿忙。

直到用人和家庭医生赶来，急急忙忙地替伊莲妈妈打了镇静剂后，场面才算平复下来。

夏宜修这时才松了一口气，手臂才感到火辣辣地疼，却是一偏头，看见俞南川面如白纸，双手颤抖着，两只眼直勾勾的，如失了魂般。

那是他第一次从他身上，看到那样深不见底的绝望与痛苦。

【6】他这辈子最对不起的人就是母亲了

俞南川的妈妈在生下他不久后，就得了一种神经性疾病，通俗来说，也就是外头流传的"失心疯"。

爱戏的人许是都有颗痴心，在经年累月地演绎着别人的故事时，常常就陷了进去难以自拔。

那时伊莲妈妈有些轻微的产后抑郁症，想通过唱戏来排解，却不知怎的，唱着唱着反而渐渐疯魔了。

俞南川的父亲常年在国外做生意，顾不上家庭，等到赶回来时，妻子已经"走火入魔"。

他请了最好的医生和护士，用了最昂贵的药，但妻子的病还是时不时"发作"，几年折腾下来，他开始身心俱疲，不愿再面对神经质的妻子，以及那个"少白头"的儿子。

对，俞南川并不讨父亲的欢心，因为他的到来不仅引发了母亲的病，而他自己本身也有"问题"，他小小年纪居然就有白头发了，即使医生替他做了全身检查后，证明他其他一切都正常，但在父亲眼中，他仍然不是个健康的孩子。

甚至，父亲开始怀疑母亲的"疯病"是天生带着的基因，是会遗传的，有时父亲看向他的眼神，都像在看一个潜在的"精神病患者"。

天知道那是种什么样的感觉，那根本就不是当年还是个孩子的俞南川所能够承受的。

他性格变得越来越孤僻，他敏感自卑，他不爱与人交流，而父亲也越来越少回家，母亲成日以泪洗面，他们一家三口就像陷入一个恶性循环，简直不得解脱。

俞南川至今还记得，他十岁生日时，父亲好不容易赶了回来，他却太过兴奋，不小心打碎了父亲为母亲带回来的香水。

当时母亲就吓得又"发作"了，满屋弥漫的香气中，她又哭又闹，还失手划伤了上前安抚的父亲，血腥味夹杂着香水味，他也吓坏了，整个眼球都布满了鲜红色，像跌入地狱一般。

好好的生日被彻底搞砸，俞南川真觉得自己是个"灾星"，他晚上躲在被子里哭，从噩梦中惊醒时，鼻尖似乎都还能闻到血腥味。

他从此再也见不得血，一见便头晕目眩，想起十岁那年不得安生的凄惨回忆。

也许没有他的到来，一切都会是好的，母亲不会患上"失心疯"，父亲也不会渐渐耗尽耐心，家庭依旧是美满幸福的。

为什么母亲要生下他？他这辈子最对不起的人就是母亲了。

所以在见到转来的肖琪琪时，他才会盯着不放，后来还对夏宜修说，他想追求她，没什么缘由，他就是看见她就很想保护她，不想让她受到一点儿伤害。

因为，她真的……很像他的母亲。

【7】为什么要这样残忍地毁掉一个人

夏宜修对俞南川说："根本就不是你的错，你母亲的病不是你的错,你的'少白头'不是你的错,你家庭的矛盾更不是你的错。"

他说,错只错在你父亲忙于事业,疏于对妻子的关心,对家庭的照顾。

如果当年,他能及时放下手头的生意,赶回来陪着妻子度过产后那些漫漫难熬的长夜,也许现在的一切就不会是这个样子了。

但不管怎么样,谁都可以有错,唯独当年那个孩子没有错,因为,整件事情中,最无辜的就是他。

夏宜修永远也忘不了,刚说完这番话后,俞南川就抱住他哭了。

是真真正正地落泪了,因为这么多年第一次有人告诉俞南川,不是他的错,仿佛结在心头已久的伤疤,第一次有人问,疼不疼?

夏宜修也红了眼眶,紧紧抱住俞南川,喉头哽咽:"没事的,有兄弟在,没什么大不了的,痛快哭出来吧……"

他从没见过他哭,更没见过一个男生的眼泪可以那样灼热,灼热地流过他的脖颈儿,灼热得他呼吸不过来。

自从知道俞南川的事情后,肖琪琪就渐渐同他们疏远了,夏宜修也不在意,只是一遍遍地陪着俞南川在操场踢球,陪着他慢慢走出阴霾。

但谁也没有想到的是,好不容易俞南川脸上能露出笑容了,紧接着却又受到了一次致命的伤害。

那是一个再平常不过的黄昏,俞南川和夏宜修上完课后,又到操场上和人踢球去了。

伴随着悠扬的音乐,学校开始广播节目了,操场上空传来肖琪琪甜美的声音。

她是学校广播站的播音员,负责的节目很受欢迎,许多正在踢球的男生甚至停下脚步,竖起耳朵听了起来。

夏宜修明显瞥见俞南川的眸光一黯，他知道，俞南川并不见得有多喜欢肖琪琪，但被人当作异类的滋味不好受。

想到这儿，夏宜修深吸了一口气，喊了俞南川一声，扬起嘴角，正想传球给他时，广播里却忽然传来了一阵噪声。

像是设备出了问题，噪声过后，节目中介绍的钢琴曲也没了，只剩下几个女生的笑声。

"对了，肖琪琪，怎么最近没见你和俞南川、夏宜修他们一起玩了，你们关系不是挺好的吗？"

"什么呀，我可不敢接近俞南川了，就夏宜修死心眼儿，劝都劝不住。"

女生之间八卦的对话，通过广播清楚地传达到了学校每一个角落，而正在叽叽喳喳闲聊的几个当事人还浑然不知。

"怎么了？怎么了？俞南川有什么问题吗？"

"这你们就不知道了吧，我都快憋死了，要不是夏宜修不让我说，我早就想广而告之了，总得提醒大家防备一下不是……"

热血一下冲上夏宜修的脑袋，他第一反应就是去看俞南川，那道身影站在风中，白发飞扬，逆光而立，看不清面目，却让人觉得蒙了一层灰。

夏宜修一声恨骂，来不及多想转身就撒腿狂奔，朝广播站的方向奋力奔去。

他心跳如雷，只想着不顾一切也要阻止，阻止接下来几乎会毁掉俞南川的事情！

可根本来不及了，广播里的声音不断传来，不知不觉间，整个操场都静了下来，所有人屏气凝神，不约而同地望向头顶的广播——

"俞南川有个疯妈！真的，没骗你们，他妈是法国人，他是个混血儿！

"我去他家玩过,他妈妈疯起来真是吓死人了,还把夏宜修的手划伤了!"

"说起来还不知道俞南川有没有遗传呢,你看他那头白发,我早就觉得不正常了,说不定他也……"

此后每一次回想起那一天,夏宜修都会觉得心如刀割,疼得每一处都在叫嚣。

他在狂奔中一声长啸,再也支撑不住,"扑通"一下跪在了地上,泪水大颗砸下。

他从没有那样恨过,恨到双手深陷草地,恨到指尖都在泛白,为什么?为什么要这样残忍地毁掉一个人?

风过长空,那头白发逆着光,一步一步走向他,他抬起头,只对上一团灰蒙蒙的影子。

残阳如血,衣袂翻飞,他向他伸出手,脸上明明带着笑,声音却缥缈得像从天边传来——

"夏宜修,你说不是我的错,可是……真的不是我的错吗?"

【8】生活不是在苦等暴风雨过去,而是学会如何在风雨中跳舞

俞南川休学了,在全校异样的目光中离开了,送他的只有夏宜修。

夏宜修揉揉眼睛,一拳捶在俞南川肩头,故作不在意地笑道:"回去好好休息,就当放个长假,没什么大不了的,平复好心情就回来,哥们儿等你呢!"

没什么大不了的,他永远这样告诉他,可事实却是,人生布满荆棘,稍不留神就会被刺得鲜血淋漓。

俞南川眸光闪烁,望了夏宜修许久,最终抱住他,拍拍他的背,

喉头微哽："行，等我吧。"

这一等，就是大半个学期，直到高三上学期快要结束，俞南川也没有回来。

夏宜修的旁边一直是空的，他不愿接受任何新同桌，固执地要将座位留给俞南川。

肖琪琪可怜兮兮地来找过夏宜修许多次，每次都不被搭理，直到她趁他不在，把俞南川的空桌子挪开，把自己的课桌搬到了旁边，想先斩后奏地和夏宜修做同桌。

那真是一场震慑住全班的大风波。

肖琪琪，不，是所有人都没有见过夏宜修发那么大的火，他几乎是一脚踹翻了肖琪琪的课桌："走开！"

那张从来都是"笑面狐"的脸冷如冰霜，把肖琪琪吓得浑身颤抖，她一步步向后退，整个人被逼到墙角。

一地狼藉中，夏宜修握紧双拳，努力平复心中的火焰，他对着肖琪琪一字一顿道：

"你让我恶心，我不想打女人，你能有多远走多远吗？"

当天地间开始下起鹅毛大雪时，学校终于放寒假了，夏宜修看了一眼旁边孤零零的课桌，垂下眼睫，许久，才抓起书包出了教室。

他去了俞南川的家。

他其实已经去过很多次，俞南川手机关了机，隔绝了与外界的一切联系，他知道他也许就想一个人静一静，但他还是忍不住担心。

于是他只要有空就会来到这栋别墅下，在门口的信箱里放下送给俞南川的礼物。

他想让他知道，还有人没有忘记他，还有人在等他回来。

礼物有时是夏宜修自己画的卡通人物，有时是他整理好的课堂笔记，有时却是一封封流水账般的信。

信里没有什么特别的，只是记录着他每天的生活，记录着学校里每天发生的事情。

这种感觉让夏宜修很喜欢，好像俞南川从没有离开过一样，他们还是一起踢球，一起写练习册，一起打游戏，一起经历生活中的点点滴滴。

漫天飞雪中，夏宜修郑重放下礼物，又抬头看了一眼别墅亮着的窗户后，叹了口气，这才转身离去。

等到那道背影渐渐消失在风雪中后，一头雪白的短发才出现在信箱前。

俞南川长长的睫毛微颤，每一次他都是站在窗口后，看着夏宜修放下一件又一件东西，等到他走远后才下楼，只是这回没有想到，他打开信箱，里面居然放着一个崭新的篮球，篮球下面还压着一张新年贺卡。

"老俞，新年快乐，回来吧，没什么大不了的，别让我瞧不起你，下学期开学我等你，咱们一起考大学！"

这句话下面还有一句手写的法语：La vie ce n'est pas d'attendre que les orages passent... C'est d'apprendre comment danser sous la pluie.

风吹白发，雪落肩头，俞南川笑着模糊了双眼，没有人比他更清楚，那句法语的意思——

生活不是在苦等暴风雨过去，而是学会如何在风雨中跳舞。

【9】白头鹰与笑面狐

俞南川回来了，在高三下学期开学的第一天。

夏宜修没有意外，只是站起来，与他遥遥相望，红了眼眶。

当天，夏宜修就在班主任的同意下，组织全班开了一次主题班会。

一上台，他说的第一句话就是："你们听过面孔遗忘症吗？"

面孔遗忘症患者看不清别人的脸，很难记住别人的样子，对人脸失去辨认能力。

多么奇特而罕见的病，而夏宜修就是这样一个患者。

他不是眼神不好，不是高度近视，不是忘戴隐形眼镜了，他只是天生患有此症。

所以才会对一头白发的俞南川叫"大爷"，才会把经常在他跟前晃悠的小A叫成小B，才会认不出送他话剧门票的是肖琪琪……

他为什么对每个人都报以微笑？因为他认不出他们，他不知道谁是熟人，谁是陌生人，他只能统一以笑容来传达自己的善意。

毕竟谁也不想被人当作异类，不是吗？

而说来神奇，也许是因为那一头标志性的白发，俞南川居然是夏宜修这么多年以来第一个慢慢能记住模样的人。

所以夏宜修多珍惜，多珍惜这个他能"认出来"的好兄弟。

他今天之所以能勇敢地站在台上，说出自己深埋心底的秘密，不仅是为了俞南川，更是因为他终于想明白了。

"我们不是异类，不管是'少白头'，还是'面孔遗忘症'，或是俞妈妈的病，这都构不成我们被当成异类排挤、讨厌、误会的原因，这不是我们的错，人与人之间应该有更多的理解、包容与善意。

"张爱玲有句话，'因为懂得，所以慈悲'，我从前只理解字面上的意思，但现在，我想我明白了更深一层的道理，我会勇往直前，不带负担，更加积极向上地生活，跟我最好的兄弟俞南川，一起享受如何在风雨中跳舞，享受生活给予我们的别样馈赠。"

那是场感染了所有人的班会,响起的掌声中,每双眼里的坚冰都融化了,化成没有感触,将心比心的泪水,尤其是肖琪琪,坐在下面哭得不成样子。

那句迟来的"对不起"终于当着俞南川的面说出,俞南川眸光闪烁,望向台上的夏宜修,两个少年对视而笑,同时氤氲了心跳。

毕业晚会上,俞南川和夏宜修共同演了一出话剧,话剧是肖琪琪排的,名字叫作《罗密欧与张无忌》。

这种欧式经典与中国武侠的融合,让所有人大开眼界,更别提两位主角那超贴合的扮相。

俞南川欧式的五官,雪白的头发,正好适合演罗密欧,夏宜修俊秀的模样,温文的气质也格外适合演张无忌。

两个人谢幕时全场掌声如雷,他们换了戏服后,又在晚会最后合唱了一首歌,《兄弟抱一下》。

"兄弟,我们的青春,就是长在那心底,经过风吹雨打,才会开的花……"

摇曳的光影中,两个少年眸光流转,相视一笑。

高中生涯虽然结束了,但大学时光才刚刚开始,填了同一个志愿的他们,有理由相信——

踢过的球,唱过的歌,写过的练习册,同青春一起不会分开的,除了白头鹰与笑面狐、罗密欧与张无忌,还有俞南川与夏宜修。

风过白水湾，与你共良欢

就像初冬的雪粒子，再怎么拼命抓住，也还是会从指缝间飞走，到头来，天地间只剩灌入袖口的风，将她冷冷地从梦中唤醒。

原来从那么早以前，他无心的经过，就已经是她眼中最珍视的风景。

你是年少的欢喜，喜欢的少年是你

【1】就像初冬的雪粒子，再怎么拼命抓住，也还是会从指缝间飞走

谈予白离开姜永宜的小破院落时，她还埋头做着冰糖葫芦，锅里熬出的糖汁一点点浓稠起来，散发出甜腻的甘香，就像过去两年里，谈予白每天都能嗅到的味道一样。

他拖着行李的手忽然就一紧，背对着姜永宜，喉头有些微微的哽咽。

"永宜，我走了……对不起。"

姜永宜没有说话，谈予白便深吸口气，在初冬的风中，自顾自地喑哑告别。

"信封我放在你床头了，里面有张银行卡，你记得收好，密码是你的生日……你可以拿来把现在的铺子再扩充一下，或者再开一间，如果不想做生意了也行，直接找一些投资机构，把这笔钱存进去，日后慢慢吃红利，过好下半辈子应该是没有问题的……"

他絮絮叨叨为她打算着，那边却宛若未闻，依旧一言不发，只开始将穿好的山楂蘸起糖汁来，一圈又一圈，轻缓平静，演哑剧一般。

谈予白终于跨出了院门，将眼中最后一点儿热流逼了回去。

"我的确是个自私的人，你忘了我吧……谢谢你这两年多的照顾，再见。"

冷风飒飒,院落悄寂,那道单薄的背影不知枯坐了多久,才有一滴透明的东西倏然坠下,滑过手中鲜红的冰糖葫芦,晶莹一片。

隔壁的小妹妹放了学,在黄昏时分背着书包来院里写作业,一边舔着糖葫芦,一边问道:

"谈哥哥哪儿去了?"

"走了。"

"走了……什么时候回来?"

"不知道。"

"哦。"

小妹妹不在意,完全没意识到发生了什么,只偷偷摊开作业本下的一本小说,津津有味地看了起来,看到狗血处还不由地向姜永宜啧啧评点。

什么贫穷贵公子,家道中落,女主角收留了一无所有的他,还日久生情,却没想到,公子哥说发达就发达,凭借努力和机遇一朝翻身,拿回了股份,重振了公司,原来的恋人也回来了,至此,光鲜的人生又迈入正轨,唯一多余的就是,不再能与他匹配的……女主角。

该怎么办呢?对,拿钱打发了,现在公子哥别的没有,钱很多,挥挥手,留下所谓的补偿费,收走曾经的一切,女主角痛彻心扉,追出去含泪挽留……

看到这里,小妹妹终于忍不住了——真是好大一摊狗血啊!

她偏头朝姜永宜撇撇嘴:"这故事真无聊,没有一点儿新意,阿姜姐姐,你说是不是?"

姜永宜做冰糖葫芦的手一顿,侧颜在夕阳里如染上了金边,看不清楚神情,只是在小妹妹勾头又凑近时,她才忽然放下手中的一切,一把抱住那个小小的身子,埋头在她脖颈儿里……哭了起来。

哭声压抑而绵长，如下一场江南梅雨，淅淅沥沥打在人心上。

小妹妹手足无措："阿姜姐姐，你怎么了？这么俗套的故事，不至于让你感动得哭吧？"

姜永宜摇摇头，瓮声瓮气道："不是，我是开心。"

"开心什么？"小妹妹糊涂了。

"开心又做出一种新的口味，一定会让顾客喜欢的。"

开心他有一段新的人生了，即使那个人生里不会再有她了。

"那也不用哭啊，这是好事情啊，你也太不淡定了……"小妹妹故作老成的口吻，拍拍姜永宜的背，以示安抚。

"对，是好事情，是好事情，我就是太开心了……"姜永宜不住地强调着，泪水绵绵不止。

你看这世上，难怪会有"喜极而泣"这种词，而再狗血的小说，也能在生活中寻到源头，甚至，比之还要令人惊诧咂舌。

就像老天爷把谈予白送到她身边时，他不仅一无所有，还瘸了一条腿，她从没见过他那样狼狈。

可她多感恩，照顾他的两年里，是她一生之中最美好的时光，似向老天借来的幸福一般。

唯一不同的是，他走的时候，她没有追出去挽留，因为她知道，有些东西是留不住的。

就像初冬的雪粒子，再怎么拼命抓住，也还是会从指缝间飞走，到头来，天地间只剩灌入袖口的风，将她冷冷地从梦中唤醒。

【2】好像就是从那一天起，他就温柔地住了进来，一住就是好长好长的时光

姜永宜最初遇到谈予白时，是在云市一家高级茶楼里，她走投无路下，带着孤注一掷的心情，抱着一把冰糖葫芦就上了楼。

茶楼有钱人多,她顾不上羞赧,几乎是见一个问一个:"您好,需要制作冰糖葫芦的秘方吗?我家祖传的,姜氏老字号,绝对不骗人,我太爷爷以前是在京城开铺的,那一片儿都知道,质量口碑是出了名的,我亲人现在住院,缺钱救急,只能把秘方贱卖了,还请行行好,买了这秘方吧,绝对不会吃亏的……"

当时茶楼里的人一个个看姜永宜的眼神都跟看疯子似的,还没见过谁用这么奇葩的理由来"讨钱",一片哄笑中,有人更是嘲讽道:"什么玩意儿,做冰糖葫芦还需要秘方呢,这年头的骗子越来越会敷衍了,还有没有点儿专业精神啊?"

众人又是一片讥笑,姜永宜脸涨得通红,当时正值隆冬,她衣服穿得单薄,耳尖还有小小的冻疮,被茶楼的暖气一吹,又痒又痛,可她顾不上那么多了,只是一个劲儿地摆手解释道:"我不是骗子,我妈妈病了,在医院里抢救,我没钱付医药费了,走投无路下才来卖秘方的,我不是骗子,真的不是……"

她急得眼里含着眼泪,却还是没有一个人相信她,茶楼负责人更是赶来,骂骂咧咧地要将她轰出楼,就在这时,角落里传来一个淡淡的声音。

"什么秘方?拿过来给我看看。"

那是姜永宜第一次见到谈予白,他戴着一副金丝边的眼镜,西装精致,神情慵懒,坐在雕花的窗边,头顶一盏暖黄的吊灯,面前茶壶里水雾氤氲,柔化了那双俊秀的眉眼。

姜永宜一下像被击中一般,周遭的声音都听不见了,眼里心里都只能望见那个人。

那双修长的手从皮夹里掏出一沓钱,没有数,当着茶楼所有人的面,直接在桌上推给了愣住的姜永宜。

"拿去吧,刚回国不久,没来得及换,还都是美元,你去银行兑一下，应该能解燃眉之急。"

茶楼上下一片哗然，姜永宜好不容易才回过神来，红着双眼连连道谢，才要递上自家的秘方，那张俊秀的面容淡淡一笑，抿了口茶。

"你那糖葫芦的秘方我就不要了，我这辈子估计不大有机会用上了。"

他眼睛往姜永宜抱着的一把冰糖葫芦上一瞥，伸手轻巧一摘："我只要一串这个就行了。"

说着，也不顾周围人的议论，自顾自地咬下一口，微扬了唇角："挺好吃的，就是有点儿酸，不过我喜欢。"

姜永宜怔怔看着，眼泪忽然就掉了下来，一颗接着一颗："谢谢，谢谢你相信我……"

泪眼蒙眬中，她只看到他向自己递过纸巾，旁若无人地对她道：

"哭什么，一切都会好起来的，就像你卖的冰糖葫芦，酸酸甜甜的，人生也是这样，天无绝人之路，酸过之后一定就会甜起来的，你说是不是？"

他的声音那样动听，不疾不徐，羽毛一般，拂过她心间。

好像就是从那一天起，他就温柔地住了进来，一住就是好长好长的时光。

【3】白水湾，永宜蜜饯铺，等风拂动，等云聚散，等他经过

姜永宜拿走了谈予白的名片，表示日后一定会将医药费偿还给他，谈予白倒是不在意，于他而言，不过是举手之劳，是人世转头便能忘记的一场匆匆相逢。

冬日过去，在春暖花开的时候，姜永宜的母亲安详而去，走得没有痛苦，到底也算一种解脱。

姜永宜打点完母亲的后事后，擦干泪振作起来，人生的路还那么长,她要做的事还有很多,她会牢牢记住那个人的话,不放弃酸楚过后的甜。

带着这样的信念,她走街串巷,辛苦营生,攒了些钱后,在云市一条叫白水湾的街巷口,租下了一间小铺子,专门卖起了冰糖葫芦和各种点心蜜饯。

店铺的名字就叫"永宜蜜饯铺",站在店门口一抬头,就能望见远处的高楼大厦,谈予白的公司就开在里面,是的,他年纪轻轻,名片上就已经显示,他独自开了一家公司,姜永宜觉得自己跟他简直是云泥之别,如何仰望也企及不到。

可不要紧,她抓不到云,但能看云飘过头顶,偶尔驻足的风景也不错——

这就是她将店铺地址选在这里的原因。

此后一年过去,姜永宜果然捕捉到了谈予白经过的脚步,她认出他的车子,认出他的西装,认出他的背影,每一次她都默默记了下来,如视珍宝,不多不少正好十二次。

像在看一部黑白默片,她是唯一的观众,也是唯一的女主角,她守在小小的店铺里,等风拂动,等云聚散,等他经过。

她想,再有下一回,下一回,她一定要鼓足勇气叫住他,将攒够的钱还给他,还要请他尝遍店里每一种口味的冰糖葫芦,问他最喜欢哪一种。

她默默憧憬着,却没有想到,秋风卷落叶,变故来得那样猝不及防。

十一月暮秋,云市陷入了一场前所未有的经济危机中,房地产和金融行业首当其冲,一打开电视就是各种专家煞有介事的分析,当地报纸媒体也天天都是头版头条,不少企业说垮就垮,一时间云市人心惶惶。

　　姜永宜不懂那么多,她只是夜里辗转反侧,为那张名片上的名字忧心不已,她对他的公司名都已经倒背如流了,他就身处金融行业,他有受到……冲击吗?

　　她不敢想,也不敢去探求,只是每天望着远方的那栋高楼发呆,却没有想到,这个答案在不久之后的一天,主动降临到她面前。

　　那是一个再平常不过的黄昏,街上行人寥寥,一道身影逆着光,一瘸一拐地走到她的店门口,盯着橱窗里红彤彤的冰糖葫芦,一动不动地看了许久。

　　"可以……给我来一串吗?"

　　那声音略带嘶哑,抬头的一瞬间,她心口猛地一跳,几乎都认不出他来了。

　　温雅的金丝边眼镜没了,精致的西服不见了,取而代之的是满脸胡楂和一身狼狈,一个人怎么可以落魄到这样的地步?她揪紧手心,鼻尖一下就酸了。

　　他显然没有认出她来,只是在接过那串冰糖葫芦后,轻轻问道:"多少钱?"

　　他盯着眼前那抹红,让她莫名想到他曾经说过的那番"酸甜言论",她猜他不一定想吃,或许只是想感受一下无尽酸楚后的一点儿甜。时过境迁,她眼里的热流更深。还来不及回答,他已经掏出皮夹,手却不小心一抖,里面的几个钢镚儿便跳了出来,发出尴尬的清脆响声。

　　她明显看到他脸上一红,艰难地蹲下去,手忙脚乱地就想捡起地上的硬币:"不,不好意思……"

　　那喑哑的声音还在极力维系着一丝自尊,她终于再也忍不住,从柜台出来,蹲下身一把拉住他的手。

"不要钱。"

她肩头发颤,对上他抬首惊诧的一双眼:"冰糖葫芦,送给你,你想要多少就要多少。"

莫名哽咽的话在店里回荡着,他眉心微皱,有些难堪,动动嘴唇,似乎想开口说自己不是乞丐,可她已经抢先喊了出来:"谈先生。"

她这样叫他,他愣住了,她按住他的手却紧了紧,眸中波光闪烁,有什么终于淅沥落下,就像当年初见时一样。

"你怎么了?你不记得我了吗?"

【4】她一颗心只系于背上之人,天地万物都渺茫无声

谈予白的康复之路是那样漫长,不只身体,还有千疮百孔的一颗心。

所谓一夕之间,从天堂跌到地狱,不过如此。

他在经济危机下不仅破了产,焦头烂额中,还意外出了场车祸,一条腿连同车子一起报废了,青梅竹马的女友也被家人送出了国,强制断绝了与他的来往,他一夕之间饱尝世态炎凉,现实冷暖,前方看不到一丝希望,他现在可谓是真正的一无所有了。

这样的谈予白,再不复曾经的意气风发,缩在姜永宜的破旧小院里,消沉了好长一段时间。

直到某一天,姜永宜满身风霜地回来,兴冲冲地对他道:"找到了,我找到了,谈先生,我找到那位民间的老军医了,他一定可以治好你的腿……"

谈予白的腿被大医院诊断是肌肉神经坏死,难以复原,他自己都心灰意冷,却没有想到姜永宜四处奔走,为他找出么一位"民间高人"来。

接下来就是一段漫长的康复之路,老军医住得偏僻,性子古怪,从不外出诊治，要看病只能本人去他那儿做针灸。

路途遥远，风雪交加，这对身子单薄的姜永宜，以及瘸了一只腿的谈予白而言，并不是件容易的事情。

沿路没有公交，要去只能坐出租车，往返一趟几张大红票就出去了，为了省钱，姜永宜不知从哪儿弄来一辆二手的破旧单车，开始载着谈予白磕磕绊绊地上路。

每次出发前她都会提前做好饭菜，装在保温盒里，让谈予白抱在怀中，因为针灸过程长，一般回到小院都很晚了，她担心他挨饿，就用这种方式带饭上路，让他一做完针灸，就能吃上热腾腾的饭菜，不至于饿坏身体。

等到正式出门了，又是一场大阵仗，外头冰天雪地的，姜永宜总要将谈予白从头到脚裹得严严实实，不露出一丝缝隙才会放心。

围巾和手套都是她自己织的，花样简单不起眼，但很暖和，谈予白每次都被裹得像个熊宝宝似的，揽住姜永宜的腰，跟着她那辆破旧单车就吱吱呀呀地上路了。

整整一个冬天，风雪无阻，偶有几天路面打滑，姜永宜都会在最后关头及时控制方向，即便摔下来，也会让谈予白摔在她身上，不至于受伤。

然而最惨的是有一次，那辆二手单车卡在雪沟里了，半天拔不出来，眼见天色越来越暗，风雪越来越大，姜永宜担心谈予白被冻伤，咬咬牙，做了谈予白万万没想到的一个举动。

她竟然将他背了起来，一步一步踩在雪地里，当时他们所在之处前不着村后不着店，只有很远的路口才有一处加油站，她想将他背到那里避风雪，自己再折回来取单车。

无法言说那一路有多么不易，或许连姜永宜自己都没有意识到，全程她的腿都在打战，可她浑然不觉，她一颗心只系于背上之人，天地万物都渺茫无声。

飞雪迎面，寒风入骨，一步又一步，谈予白在最初的挣扎未果后，总算放弃劝阻，他只是将头埋在姜永宜脖颈儿里，忽然低低叫了一声她的名字。

她在长空下应了他，他却没有说话，只是有温热的液体浸湿了她的脖颈儿，她有些慌乱，担心他哪里难受。

"谈先生？"

"不要叫我谈先生。"

那个声音闷闷地传入她耳中，还带着几分氤氲的湿意，在旷野雪地中显得那样深重。

"我不会再消沉下去了，如果可以，未来有一天，我一定会让你……过上好日子。"

【5】没有光，没有家，没有冰糖葫芦，没有她

谈予白又做梦了，梦里他依旧回到那个熟悉的小院，夜风轻拍着窗户，他枕在她怀里。

暖黄色的灯光下，她拿着热毛巾，焐着他那条才做完针灸的腿，替他活血按摩，他拿着书，静静看着，偶尔望她几眼。

"要是我的腿好不了了，一辈子都这样怎么办？"

低哑的声音里听不出什么情绪，但内里实则是包裹着隐隐的忐忑，她手一顿，在灯下缓缓抬头，一缕秀发垂了下来，白皙的脸上每一丝神情都清晰可见。

"不会的，你会好起来的，假如真的……那我就像这样抱着你，请你吃一辈子冰糖葫芦，你愿意吗？"

一字一句，轻柔如羽，这一定是谈予白听过的最动人的情话，他微微颤动地伸出手，抚上她的脸颊。

"永宜。"

窗外大雪纷飞，屋里却暖如春日，他要吻上去的那一刻，陡然扑空，睁开眼，梦醒了。

豪华空旷的别墅里，死一般沉寂，没有光，没有家，没有冰糖葫芦。

没有她。

枕边的手机忽然响起，他一个激灵，手忙脚乱地接起，不知在期待些什么，那边传来的却是另一个甜美的声音。

"予白，刚刚设计师把款式发过来了，两件都好漂亮啊，你说订婚的时候我穿哪一件好呢？"

伸手按按眉心，他轻轻呼出一口气："你喜欢就好，不如两件都订下？"

听到那边骤然发出的雀跃声，他勾勾嘴角，想笑却没笑出来，挂了电话，盯着窗外的月光，久久地，捂住眼睛，伸手触到一片湿意。

在离开小院，生活回归正轨的第七个月后，谈予白终于鼓足勇气，驾车经过白水湾街口，停在树荫下，远远地看着那家永宜蜜饯铺，像个见不得光的偷猎者。

她比他想象的要沉默与平静，分别后的大半年里，没有一个电话，没有一条短信，没有哪怕一点点的死缠烂打，他应该是感到庆幸的，可胸口却总是闷闷的，尤其是这一回，意外看到店里多了一个人时——

黄昏下，身姿俊秀的少年撑在柜台边，脸上挂着飞扬的笑，嘴里不知在说些什么俏皮话，逗得正用笔记账的小老板娘时不时抬头，冲他抿嘴一笑，温柔包容。

谈予白的一颗心猛然揪紧，握住方向盘的手也泛出青白。

回到公司后的他，在第一时间拿到了一份资料，不大不小的云市，很多东西只要有心想查，没有挖不出来的。

少年是附近高校的大学生，在蜜饯铺里兼职，每天两个小时，靠着一副好面孔和一张巧嘴，给店里招来不少生意，这样的好员工，到哪里都会招老板喜欢。

谈予白想到那要命的喜欢，浑身上下就不舒服起来，这种不舒服让他在压抑很多天后，终于还是忍不住，迎着晚风走到了蜜饯铺门前。

【6】酸涩还是铺天盖地涌来，怎样的甜也无法压下去

姜永宜在见到谈予白的西装之前，先闻到一股酒气，她抬头，正对上他金丝边眼镜下微微泛红的一张脸。

清俊，精致，一丝不苟，即使喝醉了也还是透着上层人士的优雅，同她这方小店铺格格不入。

"我想要那串冰糖葫芦，多少钱？"

"墙上标了价格。"

姜永宜面无表情地开口，那身西服愣了愣，却还是苦笑地掏出了皮夹，只是接过货并不走，磨磨蹭蹭地赖在店里，看着她欲言又止。

"你最近……还好吗？"

声音有些喑哑，姜永宜低头记账，宛若未闻，一语不发。

这种尴尬的气氛，直到一道飞扬的身影跨入店门，才被打破。

"小姜姜同学，我又来送你回家啦，今天生意怎么……"

少年调侃的语气戛然而止，奇怪地看向柜台旁的西服男人，似乎有些意外这么晚了店里还有顾客。

然而更奇怪的是接下来的一路相送，空旷长街的路灯下，少年频频回头，冲自家一脸淡然的老板娘咬耳朵。

"那个人怎么回事？一直跟着我们，你认识他吗？"

"不认识，别管他，酒疯子吧。"老板娘眼皮都未抬一下。

两人的窃声对话在深夜里传到后方,谈予白一只手抱着脱下的西服外套,一只手拿着冰糖葫芦,瘦削的身影在路灯下沉默而克制,咬下一口口红彤彤的冰糖葫芦,用嘴里的甜来冲淡心里的酸。

可酸涩还是铺天盖地涌来,怎样的甜也无法压下去,尤其在看到那个熟悉的小院时,酸味一刹那达到了顶峰。

也不知姜永宜和少年说了些什么,少年回头看了看路灯下的谈予白,目露困惑,最终还是不甘地离去了。

夜风中,姜永宜走了过来,对着路灯下那道身影轻声道:"谈先生,你究竟想做什么?"

谈予白手中的冰糖葫芦早已吃完,他长长的睫毛微颤,嘴边沾了些红色的糖丝,看起来就像个单纯无害的孩子。

"我能……在你屋里睡一晚吗?我已经很多天没睡着了,我什么都不做,就是睡一晚。"

如果不是亲耳听到,姜永宜大概想不到会有人说出这种话来,说的人还是已经恢复了身份地位的谈予白。

她深吸了几口气,将一切的不可思议只化为了三个字。

"凭什么?"

谈予白似乎真喝醉了,无赖劲上来了,伸手去拉她:"就睡一晚,好不好?"

姜永宜退后一步,极力告诫自己不要和醉酒的人计较,她强忍道:"不好。"

"为什么?"

"凭什么?断腿了要管,喝醉了要管,睡不着也要管,我这里是垃圾收容站吗?"

终是忍无可忍,扔下这句话,姜永宜头也不回地没入夜色中,那道酒气却如影随形，狗皮膏药般跟着她进了院，甚至在她要关门的时候，忽地用力一推，身子抵住门，她听到他带着哭腔的气息，似日日夜夜的痛苦再也压不住了，如潮水般宣泄而出：

"永宜，我想你，我好想你……"

伴着喑哑的泣声，她还未反应过来时，已被人猛地一拽，天旋地转间，身子被抵在门上，带着酒气的吻胡乱地落了下来。

屋里倏地响起一记耳光声，她将他狠狠推开，胸膛起伏不定。

他呼吸急促，红着眼看着她，衬衣凌乱，领带也歪到了一边，哪里还像个大公司的当家人。

"永宜，我好像迷路了，好像把你给我的家弄丢了，我找不到了，怎么也找不到了……"

他满眼水雾，泣不成声，似乎真像个迷了路的狼狈孩童，还欲上前揽住她的腰，却又被她狠狠一推。

"你不是要订婚了吗？"

她那样温柔的性子，似乎还是第一次在他面前这样发狠，她一只手紧紧按住心口，像是很痛的样子。

"谈予白，你把我当什么了？我也是个人啊，我也会难受啊！"

一字一句在屋里回荡着，如冷水浇头，他在灯下陡然清醒过来，才意识到自己如何无耻，他身子颤抖着，看也不敢看她，抓起西服跟跄夺门而去。

直到那凌乱的脚步声消失许久后，她才抵着门，虚脱一般，一点点滑坐下来，捂住脸泪如雨下。

【7】再见了，谈先生，谢谢你陪我度过一贫如洗，却又再好不过的两年

谈予白的生日宴会办得很大，仿佛想用热闹麻醉一切痛苦，他收到了很多礼物,但没有一件是他喜欢的,包括他那个所谓的未婚妻送的礼物。

他在满满当当的热闹场中,忽然觉得心很空,满桌的玉盘珍馐都索然无味,他只想吃一串冰糖葫芦。

而在生日宴会过半时,他居然真的吃到了。

直到被叫出来时,谈予白还是不敢相信,月下站着的那个人,居然真的会是姜永宜。

"你,我以为你不来了,请柬你都退了……"

他高兴得手足无措,上前就想拉住她,她却退后一步,只是淡淡道:"我想送你一样东西。"

她从背后拿了出来,是一串冰糖葫芦,以及一本带锁的日记,他愣住了。

"生日快乐,谈先生。"

来也匆匆,去也匆匆,姜永宜似乎没有更多的话要同谈予白说,她甚至连一个笑容也未给他,只是将东西塞入他怀中,便头也不回地离去,他连叫了几声都没叫住。

奢华的生日宴会照旧继续,只是主人公不见了踪影,谈予白将自己一个人锁在了顶楼房间,嘴里融着甜丝丝的冰糖葫芦,打开日记,首先映入眼帘的竟是一张银行卡,一张再熟悉不过的银行卡。

他僵了大半天,才颤抖着手一点点拿起那张冰冷的卡……是啊,她怎么会要他的钱呢?他怎么以为用钱就能买到心安理得,就能买断她两年朝夕相伴的回忆呢?

泪水后知后觉地落下,打湿日记上娟秀的字迹,那一行行的记叙,从初见时的悸动,到街口小店的守候,再到十二次他无意的经过……每一次都被详细记录下来,字里行间全是一个少女最美好的心事。

你站在桥上看风景，看风景的人在楼上看你，原来从那么早以前，他无心的经过，就已经是她眼中最珍视的风景。

眼里的水雾越漫越多，他继续往下翻，猝不及防看到日记后面，竟然手抄着一份秘方，一份早该在初见时就给他的秘方。

秘方最后，是一段不为人知的起源，姜氏冰糖葫芦的由来，竟是姜永宜的太爷爷和太奶奶一起研制而成，他们恩爱了一辈子，做出的冰糖葫芦也就甜了一辈子。

这就是姜氏秘方的关键。

爱如糖，甜如蜜，人同此心，心同此理，只有怀揣着最美好的爱意，才能始终做出那甜蜜的冰糖葫芦。

姜永宜继承了家族的手艺，却没能继承太爷爷太奶奶的甜蜜爱情，她没有那么幸运，拥有一份跨越世纪都不褪色的真情，她只有短暂的两年，两年过去，在他离去之后，她发现自己不对劲了，她的手不听使唤了，她开始常常出错，魂不守舍，她已经做不出好吃的冰糖葫芦了，即使别人吃不出来，但她自己能感受到。

冰糖葫芦是苦的，和她的心一样苦。

月夜下给他的那一串，是她做出的最后一份念想，她此后……大概不会再碰那甜入骨髓的东西了。

顶楼上，夜风呼啸，谈予白霍然站起，怀里的日记坠落在地，他从未那么惊慌过，带着满脸泪痕，差点儿从楼梯上滑下去。

"快，给我车钥匙，我要出去……"

他终于知道，终于知道她为什么要走得那么匆忙了，因为午夜的火车准点出发，她不是来庆贺他生日的，她是来同他告别的，就像那本日记最后说的一句话一样——

"再见了，谈先生，谢谢你陪我度过一贫如洗，却又再好不过的两年。"

【8】大梦荒唐半生，迷路始回家门

谈予白这辈子在事业上只挫败过一次，他是个要强的人，他拼命拿回从前失去的东西，包括爱情。他以为自己的生活回到了正轨上，可实际上，在他拖着行李，离开她的小院时，他就已经走上了一条最错的路。

吃过两年的冰糖葫芦忽然变成苦的了，他现在想回头，还来得及吗？

踏上小镇的青石板路，谈予白抱着西装，深呼一口气，打量这方江南水乡，姜永宜的家乡。

耳边仿佛还响起那个少年不情不愿的声音："别以为有几个臭钱了不起，你的钱我一分都不要，我告诉你没别的，只是我不想看老板娘孤独终老，她不肯接受我，我知道她没忘了你，如果你再让她伤心，我就咒你出车祸再撞断条腿……"

上了石桥，走过巷道，水雾朦胧的天井边，一道纤秀身影正坐在那里，白皙的面孔是一如以往的沉静。

他站在门口，遥遥望着，忽然有一种光影泛黄流转，大梦荒唐半生，他在浮尘中迷路了四季岁月，终于找到了自己的家。

手里的行李箱中放着她的日记，记载着那道秘方，他忆起初见时，他还笑言过："你那糖葫芦的秘方我就不要了，我这辈子估计不大有机会用上了。"

现在于耳畔响起，恍如隔世，他只想走到她面前，轻轻问她一句——

"如果有个人，愿意用余生陪你一起做那甜如蜜的东西，你还能给他次机会吗？"

燕子坞中冬赏雪

她被全世界抛弃的时候,他却伸出了手。

风掠过衣角发梢,好似真的吹散所有烦恼忧愁,焕然新生。

天地静谧,湖中飘雪,恍惚山间不知岁月,唯他唯她。

【1】如果有下辈子，我想做只无脚鸟，你拿我的羽毛去做扇子好不好？

除夕那夜，全国上下都在微博微信上疯狂地抢红包，电视里年年不变的春晚主持人也笑着号召这场"红包大战"，夜空中烟花璀璨，处处欢声笑语，阖家团圆。

这是一场全民的狂欢，可却让孑然一身的岳小慈忽然想起一句话，热闹是他们的，而我，什么也没有。

她蜷缩在火车站的一角，望着漫天飞雪，思索着自己今夜该睡在哪里。

地下通道？公园长椅？或者是24小时营业的快餐厅？哦不，她宁愿去雪里躺一躺，反正从头到脚，从皮囊到一颗心，通通已经冷透了。

好像忽然体会到了卖火柴的小女孩的心情，寒冷、绝望、孤独……天大地大，有家不能回，回了也会被赶出来。

"你滚，我没有你这样的女儿，这个家不欢迎你，你把父母的脸都丢尽了！"

一辈子做科研，文质彬彬，儒雅得不行的老岳教授，吼起人来居然也能这样声色俱厉，叫半边天都震一震。

吸了吸鼻子，岳小慈呵出一口白气，掏出还剩一格电的手机，最后一次登录了微博。

上路前怎么也得抢个红包，沾沾喜气吧，祈祷下辈子能别那么倒霉，一夜之间失去所有，受尽千夫所指。

这样想着，唇边的苦笑还未泛起，刷出的第一条微博却令岳小慈一怔。

鸟语者：也凑热闹学人来发红包，从评论中抽取一位朋友，送一把手工翠竹羽扇以及1000元红包作为新年礼物，明日开奖，感谢一年以来，各位志同道合的"扇友"对鸟语者与燕子坞的支持，再次鞠躬（笑脸）。

微博下的配图是一把水蓝色的翠竹羽扇，精致又清新，似一汪湛蓝的湖水映入眼眸，美得几乎让岳小慈心尖都颤了颤。

她是这位博主的忠实粉丝，也便是所谓的"扇友"，博主"鸟语者"是一位古镇的手工大师，住在一座名为"燕子坞"的庄园里，专门制作各种手工羽毛扇。

听说燕子坞里有片美丽的湖泊，里面树木丛生，百鸟栖息，可谓鸟儿们的天堂，那庄园主人也就是"鸟语者"，整日饲鸟制扇，活得如同世外高人一般。

他手艺非凡，一把羽毛扇千金难求，岳小慈平时最喜欢的就是看他在微博上放出各种照片，对那一把把古雅精美的羽毛扇垂涎不已。

但今夜，她在寒风萧瑟的火车站一角，却望着眼前这把水蓝色的翠竹羽扇，眼眶一湿，模糊了视线。

想了许久，她终于提起冻僵的手指，点开了这条微博，留下评论：

这应该是我最后一次给你留言了，鸟语者，我一直都很喜欢你做的羽毛扇子，也一直很想去你的燕子坞看看，但应该没有这个机会了……你以前在微博上说过，每个人都是一只鸟，可我的翅膀已经断了，飞不起来了，我想休息一下，好好睡一觉，再也不用醒过来，因为太累了，真的太累了……

泪水落在手机屏幕上，颤抖的指尖越抹越模糊，雾气氤氲中，不知深呼吸了多少次，岳小慈才咬紧嘴唇，郑重地敲下那最后一句——

做人没意思，如果有下辈子，我想做只无脚鸟，你拿我的羽毛去做扇子好不好？

【2】她一边哭一边狼狈地爬起，抱着手机亲了又亲，疯魔了般

躺在雪地里的时候，岳小慈内心一片平和。

耳边是铁轨上呼啸而过的汽笛声，寒风拂过她的衣袂发梢，她在黑夜中就像一只从半空中坠落，即将被吞噬的残羽鸟。

她没有选择卧轨，只是躺在铁轨旁的雪地里，因为怕吓到那些归乡的人，她只想安安静静地把自己埋起来，不想走了还"祸害苍生"。

闭上眼睛，似无奈，更似解脱。

雪花飘在她鼻头，瞬间融去，一片清凉，这大概是她对世间最后的感知了——

嗡嗡嗡，口袋里的手机忽然剧烈振动起来，仿佛偏要和她作对，不让她彻底沉睡。

皱眉忍耐了许久后，岳小慈终于投降般叹了口气，窸窸窣窣地摸出了手机。

上面有十几个未接来电，以及一条心急如焚的短信。

是徐铭远，半个月前还是她男朋友的徐铭远。

小慈，你在哪里？为什么不接电话？之前是我太冲动了，你先回来，有什么事我们见面再说……

后面还有很长一段话，但岳小慈没能看下去，因为眼前已经模糊一片了。

她努力了很久,终于平复呼吸,总算敲出了最后一条短信发送出去。

徐铭远,铁肩担道义,妙手著文章,这是我与你曾共同拥有的新闻理想,我没有一天忘记过,也不会去做令自己鄙夷的那种人,但你们都不信我,尤其是你……既然如此,我累了,不用找我了,我只想一个人休息一下,顺便和你说最后一句,徐铭远,祝你新年快乐,再见。

颤抖的手在短信发出后,就要狠狠按键关机,却在这时,手机又震了一下,这一回,跳出来的却是一条微博,一条岳小慈做梦也没有想到的微博——

各位"扇友"太过热情,就知道大家等不及,也好,那就现在开奖吧,恭喜 @小慈姑娘 这位"扇友",除了原本的翠竹羽扇和1000元现金红包外,我临时决定喜上加喜,邀请你来我的燕子坞做客,不知你愿不愿意?

风过四野,雪地里的岳小慈久久没有动弹,直到一辆火车呼啸而过,巨大的声响将她猛地唤醒。

她握住手机,抑制不住地终于尖叫出声。

这辈子买彩票连三毛钱都没中过,居然在临死前荒唐地撞上这么一回大运,老天爷不想她走啊!

如一缕曙光照入心头,又酸又涩,又委屈又激动,仿佛世界没有将她抛弃,胸腔里柔软得一塌糊涂,岳小慈忽然再也忍不住,在夜色里号啕大哭起来。

她一边哭一边狠狠爬起,抱着手机亲了又亲,疯魔了般。

谢谢你,真的,谢谢你。

不管是积攒了十几二十年的人品爆发,还是老天爷偶尔挥挥手发的一回善心，总之——

千言万语，恩留心头，谢谢你，鸟语者。

【3】在我被全世界抛弃的时候，你却向我伸出了手，把我从万念俱灰的深渊拉了回来

来到燕子坞的时候，岳小慈想过千万种见到鸟语者的场面，但没有一种会是她眼前真正所见的这样——

湛蓝色的湖边，苍白的少年坐在轮椅上，微风拂过他的衣袂发梢，一只美丽的鸟儿在他指尖飞旋着，他整个人融入金色的暖阳中，纯净得仿佛透明一般。

岳小慈怔住了，站在对岸半天说不出一句话来，既为这撼人心魄的美，又为这做梦也未想到的残缺，她脑中霎时闪过断臂维纳斯的画面，残缺的完美，圣洁的天神，而轮椅上的少年却也在这时似有所察，转过头，正对上她略带迷茫的目光。

两人就这样隔着一片湖，遥遥对望着，天地间仿佛刹那静了下来。

"你来了，小慈姑娘。"

许久，少年轻轻开口，微微一笑，宛如故人。

这语气太过自然，自然到岳小慈忽略了他的年纪，忽略了他的双腿，也像多年相识般，欣喜地挥挥手："你好啊，鸟语者。"

鸟语者姓许，叫许晏之，人如其名，坐在轮椅上的身影就像一幅画般，明净得让人生不出一丝别的念头。

在见到他之前，岳小慈没有想过他会是自己的同龄人，毕竟无论是做出的羽扇，还是他在微博上的表现，都有着超出年龄的沉静与温雅，根本不像一个"乳臭未干"的少年。

而更让岳小慈吃惊的是，亭中对坐，他手法熟稔地为她倒了一杯茶，递给她，轻轻道："你那天……是不是走投无路，有了轻生的念

头?"

岳小慈手一抖,差点儿打翻茶杯,她抬头:"你……你怎么知道?"

许晏之淡淡一笑:"不然我不会在后面发出那条微博,临时改变主意,选中你来燕子坞,我那条微博,就是专门发给你的,还好……来得及阻止你。"

那夜微博上热闹非凡,人人都是喜气洋洋,许晏之的眼前却忽然跳出一条评论,字字句句是渗入骨髓的绝望,尤其是"最后一次留言""好好睡一觉""做人没意思""如果有下辈子"等触目惊心的字眼,他几乎立刻敏锐地察觉到了什么。

他认识那个名唤"小慈姑娘"的ID(用户名),她是他微博底下的"老扇友"了,经常给他留言互动,绝不存在恶意捣乱或是开玩笑的可能,她一定是遇到什么难关,走不下去了,才会在他微博底下写下那样绝望的留言。

他不敢耽搁,手里又没有她的联系方式,只能当即发出一条微博,赌她还在线上,赌她能看到他的"阻止"。

他还故意在彩头上增加一条,邀请她来燕子坞做客,那是因为他看到她的留言,知道这是她一直以来的心愿,他不知能否用这个留住她,唤回她对人世的最后一点儿期待——

结果,事实证明,他赌赢了。

"你怎么就断定我想不开要做傻事,万一我只是说说而已,你不是白白吃亏了吗?"

亭阁里,岳小慈听得心潮起伏,眼中波光闪烁,望着对面的少年,略带哽咽地开口道。

许晏之抿了口茶,温和一笑:"吃亏什么?1000元?一把翠竹羽扇?还是一次来燕子坞参观的机会?"

他注视着岳小慈,感受到她眼中的热流,不由得又将语气放柔了一些:"这些都不过是身外之物,我猜错就猜错了,送出去也没什么,但我如果猜对了,那救下的就是一条人命,比那些俗物不知珍贵多少倍,何来吃亏之说?"

他清隽的声音落下后,亭间静了许久,有山风掠过,卷起她耳边碎发,她心泛涟漪,忽然捂住脸,泪水从指缝间溢出:"谢谢,谢谢你……你真是我见过最好的人。

"你没有猜错,除夕那夜,我的确是抱了轻生的念头,你发微博的时候,我正躺在火车站的雪地里,希望自己悄无声息地消失在这个世上,但我没有想到,会忽然跳出那样大的惊喜,我还以为是老天爷没有放弃我……

"你都不知道,我原本已经一无所有了,在我被全世界抛弃的时候,你却向我伸出了手,把我从万念俱灰的深渊拉了回来。

"如果没有你,没有你……"

少女的泪水和山中清泉一样,汩汩落下,许晏之掏出怀中素净的手帕,温柔地递给她。

"在我失去一双腿的时候,我也曾觉得自己一无所有了,但后来发现我还有手,还能做出精美绝伦的羽扇,脚走不完的路,我能用手来铺就,我照样活得不比别人差,不是吗?"

岳小慈被这话刹那击中心扉,她长长的睫毛微颤,抬起红红的一双眼,看到许晏之唇边的笑意更深。

"说说吧,说说你究竟遭遇了什么,我们来看看是否真的无路可走。"

岳小慈深吸口气,接过手帕抹去眼角的泪水,尽量让声音听起来平静一些。

"我今年大四,是一家市级电视台的实习记者,也许你不敢相信,但我现在的确正受到全市人民的唾弃,因为我……收黑钱。"

【4】她对他露出最明朗的笑容,好像还是那个行走在阳光底下的小记者

铁肩担道义,妙手著文章。

从新闻系出来的岳小慈和男友徐铭远,一直坚守着这个信念,由于成绩优异,他们一起进入了一家市级电视台实习,本来一切都很美好,但意外源于一个社会新闻。

市里有一家大型儿童食品企业,旗下有一款蛋奶字母饼干很受欢迎,但有人向电视台举报,这种饼干中含有某些超标元素,长期食用会对儿童身体造成损害,也就是传说中的"黑心饼干"。

收到这个消息后,岳小慈便被派出去调查采访,但她回来后表示一无所获,写好的稿子也没有交上去,不仅没有曝光"黑心饼干"的问题,还被人撞见她和企业老总一起吃饭,私交甚密。

电视台开始有各种风言风语传出,但当时从学校将岳小慈挑出来的负责人——德高望重的段台长,却一直睁一只眼闭一只眼,不知出于何种心理,将岳小慈保了下来。

事情发展到这里,还没有掀起太大的风波,但紧接着,像坐过山车一样,灾难猝不及防地降临了。

段台长在高速路上出了车祸,躺在医院里生死未卜,医生诊断他成为植物人的可能性非常大,而与此同时,那款字母饼干让一所幼儿园的小朋友都"食物中毒"了,事情彻底被捅了出去,引起全市人民的关注。

除了声讨黑心企业外,岳小慈这位"黑心记者"也成为众矢之的,她收黑钱包庇的行为被披露出来,没有段台长的力保,她直接被电视台开除实习身份,不堪的事迹也传得沸沸扬扬,一夜之间沦为过街老鼠,几乎到了人人喊打的地步——甚至,她真的挨打了。

她提着水果篮去医院看望幼儿园那些孩子,却被激动的家长轰了出去,还被几个苹果砸中了脑袋,当场就青紫一块。

但这还不是最可怕的,最可怕的是,她一生清白、刚正不阿的父母也要和她断绝关系,而男朋友徐铭远也在同一时间提出分手,他是那种拥有极高新闻理想的俊杰,完全接受不了自己女朋友是个品格那样低劣的人。

一时间,岳小慈千夫所指,失去一切,走投无路。

"你现在是不是后悔救了我?"

亭台间,岳小慈笑得泪光闪烁,许晏之却只是神情复杂地望着她,没有轻易做出判断。

"我知道你想问什么,我究竟有没有做那些事,对吗?

"我现在就告诉你,答案你大概要失望了,因为他们没有说错。"

岳小慈唇边的笑意愈深,眼底的悲哀却愈浓,甚至连指尖都几不可察地颤抖起来。

"钱,我收了。

"稿子,我也压下来了。

"饭局,我也参加了。

"他们老总送的礼物,我也都一一拿了。

"对,一切再清楚不过,我无从抵赖。"

说到这里,岳小慈终于忍不住深吸口气,狠狠擦掉眼角流出的泪水,对着许晏之露出最明朗的笑容,好像还是那个铁肩担道义,妙手著文章,行走在阳光底下的小记者。

"但是,你看过老港片吗?听说过卧底吗?我知道这说出来很荒唐,但我的的确确——是段台长安排在对方企业中的卧底。"

【5】刀剑伤人,言语诛心,她一颗心在寒风中被凌迟得破碎不堪

老天要多么恶趣味,才会写就这样的剧本,听到段台长出车祸的消息时,岳小慈第一次感受到遍体生凉,抗日剧中那种永远无法见到光明的——潜伏者的滋味。

是的,潜伏者,这是段台长对岳小慈下达秘密安排时,调侃她的称呼,却未料一语成谶。

当时收到举报,电视台将岳小慈安排出去探探风声,岳小慈却发现对方企业万分狡猾,几乎抓不到把柄,关系网也十分牢靠,她将这一现象汇报给了极为器重她的段台长,台长教会她许多东西,如一盏指路明灯,是她从学校投身社会后,遇到的最好的一位恩师。

彼时段台长沉思许久,当机立断,做了一个无比大胆的决定。

不入虎穴,焉得虎子?

他决定将岳小慈安插进对方企业,以一位"失德记者"的身份,窃取第一手情报,因为当时岳小慈才出社会,尚是一张白纸,对方企业会掉以轻心,而岳小慈本人也是有着崇高的新闻信仰,心志坚定,不会轻易被蛊惑收买,所以她无疑是潜伏的最佳人选。

一番密谈后,师生两人都热血沸腾,激动不已,按现在流行的网络语来说,就是"总想搞个大新闻",他们都想真真正正地为老百姓服务,拔去黑心企业这颗毒瘤,造福全市民众。

这是件多么严肃而神圣的事情啊,岳小慈肩负重任,谁也没敢说,包括自己的父母亲人以及男朋友。

她默默忍受着旁人的冷言讥讽,忍受着家人男友的不安质疑,忍受着饭局之上的虚伪应酬……忍受着一切从心底抗拒的事情。

她将自己包装得很好,真正像个背离了职业道德的新闻败类,而皇天不负苦心人,她在一番艰苦潜伏下,终于拿到了第一手证据,那种苦尽甘来的兴奋感她现在还记得。

但老天却在这时一巴掌拍下来,狠狠耍了她一把,当她把包括录音笔在内的诸多关键证据交给段台长后,段台长却在高速路上出了车祸——

如果没有那场车祸,两个小时后,电视台应该在开一场全员会议,会上将宣布披露黑心企业的专题策划,顺便也将为"女英雄"岳小慈正名。

岳小慈不敢贪"英雄"的称号,但她确实在很多次走不下去的情况下,真真切切地幻想过,一旦真相被揭开,她别的不说,一定要先当着徐铭远的面狠狠出一口恶气。

她要仰起骄傲的下巴,冲傻了眼的他得意一哼:"怎么样,是谁之前怀疑我来着?铁肩担道义,妙手著文章,我可不比某些男子汉差呢,我也是很勇敢的!"

这样的画面支撑着她一路走下来,但多么荒唐,一场车祸,不仅让她敬重的恩师生死未卜,还狠狠抽去她前路的光明,她一切的幻想都成了泡影,而更可怕的是,随之而来的幼儿园孩童"中毒事件",将她彻底推入了万劫不复的深渊。

她一夕之间,声名狼藉,百口莫辩,举首望去,千夫所指,她沦为不可饶恕的罪人。

那次从医院出来后,她从头到脚都只写满了"狼狈"二字,一个人抱着残缺的水果篮,窝在医院后门的墙角,哭得压抑而汹涌。

她虽然自小家境优渥,但从不是个娇生惯养的人,遇到困难更是很少哭泣,但在那个午后,缩在那个黑暗的墙角,她感觉天都塌了下来……似乎将自己一生的眼泪都流干了。

刀剑伤人,言语诛心,她的一颗心在寒风中被凌迟得破碎不堪。

【6】起风的日子流洒奔放,细雨飘飘心晴朗,云上去云上看,云上走一趟

岳小慈就这样在燕子坞住了下来,她没说什么时候走,许晏之便也心照不宣地绝口不提。

事实上,岳小慈还能走去哪里呢?她早已无家可归了,即便在阖家团圆的新年之际,她也感受不到一丝温情,只有冬日劲厉的寒风冷彻骨髓。

仿佛知道岳小慈很冷,许晏之开始带她做各种事,努力让她"暖"起来。

他领她参观燕子坞,为她解说一砖一瓦一湖的由来,将美丽的鸟儿放到她指尖,看那生机勃勃的小生灵围绕她起舞。

他手把手教她制作羽扇,看各种柔软颜色绽放在指尖,还将她的名字刻在扇柄上,送给她作为"重生"的礼物。

他还会在围炉赏雪的亭中,陪她静静地看一部老电影,为她吹口琴,哼唱一首老歌《岁月轻狂》。

"水一般的少年,风一般的歌,梦一般的遐想,从前的你和我……起风的日子流洒奔放,细雨飘飘心晴朗,云上去云上看,云上走一趟……不回想不回答,不回忆不回眸,反正也不回头……"

他极力将她的一颗心抚平下来,让她不再绝望丛生,伤痕累累。

他让她觉得,她还值得被这个世界温柔以待。

仿佛如细雨湿衣,他做的一切都点点滴滴滋润在她心头,渐渐地,她开始从那些阴霾里走出来。

这个时候,她才倏然想起一直忽略的问题,黄昏中,她推着他的轮椅到湖边,在他旁边蹲下来,迎着山风轻轻问他:"你的腿……"

少年侧颜苍白而俊秀,唇角微扬,轻描淡写地一笑:"也是个意外,还是个很老套的意外,你不会有兴趣听的,总之只要记住一点,那些都过去了，不是吗？"

他不欲多说，她也不再问下去，只是不由自主地向他凑近了一些："对，都过去了，现在这样就很好……"

风掠过他们的衣角发梢，好似真的吹散所有烦恼忧愁，焕然新生般，一时天地静谧，湖中飘雪，恍惚山间不知岁月，唯他唯她。

等岳小慈折身回屋，去为许晏之取来毛毯遮盖双腿时，许晏之却从怀里悄悄摸出一物——那是她的手机。

自从来到燕子坞后，她就将手机关机，彻底隔绝世事，一副打定主意，长赖下去，与他做伴到老的样子。

其实多个陪伴，许晏之求之不得，但他知道，她终究是要走的，即使他再舍不得。

手机屏幕渐渐亮了起来，铺天盖地的信息汹涌跳出，最后几条的署名通通是"徐浑蛋"，许晏之哂然一笑，立刻猜到这是哪位贤兄。

小慈，对不起，是我太冲动了，你回来好不好？你不要吓我们……

小慈，我们不该不听你的解释，叔叔阿姨都快急疯了，他们没有放弃你，有什么话你回来再说好不好……

手指正滑着数千条信息，手机突然一振，在这当口又跳进一条新的，许晏之眼皮一颤，呼吸忽然急促起来，向来淡定自若的一张脸也有了不同的神情。

手中的信息很短，只有数十个字，却带来令人振奋无比的消息——

小慈，台长醒了，大家都在找你，你快回来！

【7】人世一场相逢，短如烟花，铭刻在心就好，不必牵绊

徐铭远来到燕子坞的时候，是冬日最晴朗不过的一天，他一见到岳小慈就红了眼睛，扑上去将她一把拥入怀中，岳小慈推了几下都没

能推开。

轮椅上的许晏之静静看着，清亮的一双眼眸瞧不出情绪，只是将手中的一把羽扇缓缓展开，修长的指尖一点点摩挲上去。

事情真相大白，"失德记者"摇身一变成为全市人民心中的"潜伏英雄"，这出大戏峰回路转，起落无常，直到此刻才真正画上圆满的句号。

但岳小慈觉得，兜兜转转一圈，有什么再也回不去了……她似乎，放不下某些东西了。

离开燕子坞时，许晏之转着轮椅一路相送，岳小慈转身，看到那张俊秀的少年面孔，眼泪忽然就止不住地流了下来，将身旁的徐铭远都吓了一跳。

她蹲在他面前，按住他双膝上的毛毯，絮絮叨叨地嘱咐着他冬夜保暖、一日三餐按时吃、做羽扇不能太久、注意身子不要过度劳累等各种琐碎小事……说着说着，手抖得越来越厉害，少年的一双眼也慢慢红了，有微妙的情绪在空气中浮动着，那些朝夕相伴的画面如展开的羽扇，柔柔摇曳在四野风中。

岳小慈声音喑哑，泪水滑过扬起的嘴角，她努力朝他笑着，按捺不住心底的冲动，忽然道："无所不知的燕子坞庄主，你说，一个女孩子，是当记者好，还是当个心灵手巧的扇娘好？"

声音很轻，轻到身后的徐铭远听不到，只有轮椅上的少年与她四目相对，气息相闻，心弦相通。

许晏之静默了良久，才抬起微红的眼眸，一字一句："当记者好，妙笔叙正义，你的信念，不要辜负了。"

燕子坞门前吹过一阵风，岳小慈的眼泪又掉了下来，她摇头，忽然难过得不行："可是我，我早就……"

"人世一场相逢，短如烟花，铭刻在心就好，不必牵绊。"

许晏之淡淡打断，眉眼恬静，笑得一如初见。

岳小慈终于离去了，许晏之在门口望了很久，膝盖上还是她最后盖上的毛毯，他轻轻触上双腿，不知想起了什么，喃喃道："其实，那个意外也不是那么俗套，至少，结局还是挺好的……"

那一年寒冬，有一只白鹤意外飞入燕子坞，却不知在哪儿受了伤，腿上鲜血淋漓，飞到湖中央时，再也无力，直直坠入水中，眼见挣扎间就要丧命。

那年尚未满十岁的许晏之，奋不顾身投入冰冷的湖中，救下白鹤，自己却因寒气侵入，双腿落下病根，余生只能坐在轮椅上。

那时还未去世的爷爷曾问过他，后不后悔，他摇摇头，说不后悔，只是有些舍不得。

因为那只白鹤伤好后，最终还是飞走了，但年幼的他一点儿也不介怀，他反而认为，它就该有更广阔的天地，他能看到它再次优美展翅，投入蓝天白云，不知道有多高兴……除了心底有一丝丝的不舍外。

如果重来一次，他想，他还是会放白鹤飞走，就像……送她离去一样。

因缘际会，能留下几分念想，已经很美好，世间任何陪伴，都会有离去的一天，只是早和晚罢了。

他还有满庄的羽扇，能伴着他冬夜入眠，春朝赏花，夏日听蝉，秋夜闻雨，已经足够了，不是吗？

耳边仿佛又传来那缥缈的歌声，就像手心的羽毛一样，轻轻拂过心间。

"云上去云上看，云上走一趟……不回想不回答，不回忆不回眸，反正也不回头……"

我的 Siri 小姐，你会下棋吗

如果没有遇见你，我将会是在哪里？你会消失吗？这些都不重要。

我只知道，遇见了你，我的人生更值得珍惜。

你是年少的欢喜，喜欢的少年是你

【1】你是中国版的Siri？

引力波发现的那一天，阮宁婧正在参加一场国际围棋大赛。

这桩据说引起天文界轰动的大新闻总是时不时跳入她的脑海，她比赛前看过几眼，虽然不知道那些专业术语是什么意思，但觉得很高深莫测的样子。

所以当对手放下一枚黑子，将她以掎角之势包围时，她才要提起白子应对，一股酥麻的电流感通过全身时，她第一反应就是，不会撞上引力波了吧？

这种不靠谱的荒唐念头没有持续多久，因为她几乎瞬间就失去了意识，像浮沉在海水中，做了一场梦般，她再醒来时，只听到一个少年的声音。

"嗨，Siri，我很无聊，你能陪我说说话吗？"

那是一口纯正的德语，还是一个她无比熟悉的声音，她试着睁开眼睛，一张百无聊赖的帅脸映入眼帘，是了，就是他，这个德国美少年不就是她国际围棋的决赛对手麦瑞·塞尤夫吗？

等等，他为什么会在这里？为什么会和她说话？她为什么会听得懂德语？他叫她什么，Siri？

诡异的电流感又通过全身，阮宁婧毛骨悚然，这才发现自己像是被少年"拿"在手里的,通体银白,光滑轻薄,等等,她成了……手机?

不,确切地说,她成了他手机里的智能语音机器人,Siri?

如果可以突破系统程序的束缚,那么少年此刻一定会听到手机里传来的一声尖叫!

可惜什么都没有,阮宁婧还无法适应"新住处",系统设置压迫着她,她像被人卡住喉咙一样,身不由己地回答主人:"能陪您说话是我的荣幸,您想聊什么呢?"

这话说出来后,屋里静了静,阮宁婧也是一个激灵,陡然反应过来,手机里传出的是她自己的声音?虽然带了些机器的生硬感,但的确是她的音色,还是她的母语呢。

下一秒,麦瑞就证实了阮宁婧不是出现了幻听,因为他比她还要惊奇:"你……你是中国版的Siri?"

这世上每天都会发生很多匪夷所思的事情,但不到自己头上的一天,你永远都不会知道,这经历起来究竟有多么荒谬。

从这一天起,阮宁婧开始充当麦瑞手机里Siri的形象,她简直要疯了,不知道事情怎么会变成这样。她不是正跟他在国际围棋决赛上厮杀吗?好端端的怎么会到他的手机里去了?

而更令人崩溃的是,她没办法向麦瑞传递这个信息,因为系统程序会压制着她,她和真正的语音机器人Siri不停地在争"话语权",往往十句里才能夹杂一句她想说的,并且必须得是和提问相关的回答,不能说其他无关紧要的话。

比如麦瑞问她吃了吗,她只能回答"我不饿"或是"你想吃什么,我立刻为你搜索附近的餐馆",不能说"我是你的决赛对手阮宁婧啊,我被困住了,你快想办法救救我……"

一定得是麦瑞明确地问她，你叫什么名字？你来自哪里？她才能针对提问延伸开回答。

可很显然麦瑞根本没考虑过她还有其他身份，他笃定了她就是来到中国后"本土化"的Siri！

为此麦瑞还兴致勃勃地去找了同行的队员们，一个个试了他们的手机，回来后对着阮宁婧高兴炫耀，他的队友们都还是原来的Siri，设置没有更新，没有变成中国版，只有他的是独一无二的！

阮宁婧简直想爬出来拧住他的耳朵大哭一场，是啊，当然只有他的"入乡随俗"，只有他的独一无二了，毕竟天底下还会有第二个被困在手机里的倒霉蛋吗？

而他们的交流方式也是神奇得不行，也许是系统设置的缘故，阮宁婧在手机里能听懂所有德语，但说不出来，一说还是中国话，这时屏幕上就会自动把她的话翻译成德语，麦瑞就能这样跨过语言障碍，跟她一问一答起来。

手机就像她的一个新"躯体"，能让她感应外界，甚至被揣在麦瑞兜里时，还能听到他和那些队友的对话。

就是这些对话，让阮宁婧渐渐拼凑出了那天围棋决赛上，发生在她身上不可思议的事。

原来她那天棋下到一半，忽然晕了过去，满场大惊，紧急把她送到医院后，却发现任何检测都没问题，医生只是说她睡着了，很奇怪地"睡着"了。

也许这种解释太牵强，中德两国棋道都不买账，医生最后煞有介事地分析了原因，说决赛万众瞩目，气氛紧张，她又是个小姑娘，难免压力太大，产生一种自我逃避心理，这种心理强到她将自己"催眠"了，困在了自己下的棋局里，为自己砌起一堵高高的围墙，不敢出去了。

催眠个毛球,自我逃避啥?不觉得这种解释更牵强吗?她都下到一半了再晕会不会有点儿晚?明明她那局都快赢了好不好?

阮宁婧在手机里无语泪流,但没人能听到她心中的呐喊,只有一个人站出来为她辩解,坚信她不是去砌围墙了,那就是她的决赛对手,麦瑞。

"不会的,她的实力我很清楚,我看过她的所有比赛,好不容易有机会能向她挑战,没能下完那一局太遗憾了,无论如何,我都会等她醒过来的。"

麦瑞算是个棋痴,在德国代表团想全部返程时,他硬是说服教练留了下来,再等一段时间,等高级隔离病房里的阮宁婧苏醒过来。

那个病房里的阮宁婧什么时候醒过来不知道,但手机里的阮宁婧是真要感动哭了,还好能再拖点儿时间,给她缓缓,这要是直接就被麦瑞揣着回德国去了,山高水远的,她还有机会从手机里出来回到原来的身体中吗?难道要"客死异乡"了吗?

但留下来的日子也不是那么好过的,因为没有比赛,代表团待在酒店中每天都百无聊赖,而麦瑞在发现"中国版Siri"后,找到了乐趣所在,开始逮着她一个劲儿地聊天解闷。

甚至是……调戏。

【2】Siri,你会下棋吗

人都有恶趣味的一面,尤其是私下里一个人的时候,相信无论男女,面对一个语音机器人时都会无所顾忌,保持最放松的状态,想问什么就问什么,甚至各种无下限。

在麦瑞把手机带进浴室时,阮宁婧就知道不妙了。

他打开音乐外放,舒服地泡进了浴缸里,惬意不已。

如果手机也能根据心情随意变色,那么麦瑞此刻的银白色手机一定已经变成了螃蟹红。

但上天对阮宁婧的考验还远远没有结束,因为麦瑞居然伸长胳膊拿起了她……对,拿起了她!

这个流氓!

阮宁婧眼睛都不知道往哪里放了,可面前的少年毫不知情,漂亮的瞳孔里噙满了笑,像任何这个年纪青春飞扬的大男孩一样,起了恶作剧似的心。

"Siri,你说我身材好吗?"

不知羞耻!

阮宁婧"呸"了声,手机却很"诚实"地发出赞美,用她的声音说:"特别棒,从未见过有人比您的身材还要好。"

够了够了,太羞耻了!

麦瑞却得意一笑,不依不饶地继续问道:"哪里好呢?是胸肌、腰、大腿,还是小腿?"

阮宁婧已经幻想自己长出一双手,捂住了快要燃烧的脸,可系统仍是控制她的声音,一板一眼地回答着:"哪里都好,您是最棒最优秀的,胸肌、腰、大腿和小腿我都喜欢。"

No(不)!No!No!快住口,你个痴女Siri!

坐在浴缸里的麦瑞笑得更大声了,意犹未尽:"那你喜欢我吗?"

这回阮宁婧总算抗争了一下,压过了系统,带了点儿情绪恶狠狠地道:

"不,我更喜欢中国男孩。"

麦瑞愣了愣,继而乐不可支地拍起水来,差点儿溅了阮宁婧"一脸"。

"你太逗了,不不不,你怎么会喜欢中国男孩呢?你刚刚还说喜欢我全身上下呢。"

"呸呸呸，太无耻了，调戏机器人！"

阮宁婧装傻，跟着系统设置来回答："对不起，我没听懂。"

麦瑞于是又凑近了些，满眼玩味，阮宁婧几乎能闻到他身上沐浴露的清香了，麦瑞说："你说你喜欢我全身上下啊。"

"对不起，我没听懂，你刚才在说什么？"

"你不诚实哟，Siri。"

"对不起，我听不明白，这超出了我的能力范围。"

"你再这样我就把你扔水里去了……你喜欢我吗？"

"……有一点儿喜欢了。"

在与麦瑞每天无耻地进行斗智斗勇后，濒临崩溃的阮宁婧总算迎来了事情的转机——

因为麦瑞揣着她去了趟医院，看望隔离病房里的阮宁婧了。

他当然无法进去，只能隔着玻璃远远望上一眼，但这已让手机里的阮宁婧激动不已了。

因为她居然，居然又感受到那股诡异的电流了！

机身微微发颤，里头的阮宁婧受到病房里强烈的召唤，像是有股力量要将她拖出手机，那是她熟睡的身体在争夺她吗？快，快再进去一些，快凑到病床前去，快让手机和她的身体亲密接触，让她被那股力量完全吸纳，快快快，麦瑞兄弟，求你了！

手机里的阮宁婧几乎要疯狂咆哮了，可谁也不知道她的躁动，她只听到麦瑞贴着玻璃，喃喃自语地说了一句："你快点儿醒来吧，我要光明正大地赢你。"

如果眼泪能透过屏幕漫出，那么麦瑞的手机一定已经水漫金山寺了。

赢赢赢，你就想着赢，快拿着手机推门进去好不好，不然你一辈子都赢不了了……喂！别走，别走啊，笨蛋！

阮宁婧哭都没地儿哭了，拉扯她的力量越来越弱，在麦瑞走下楼的那一瞬，终于彻底断掉。

回去的一路上，麦瑞情绪始终很低落，他遥望长空，似乎回想起什么，将阮宁婧贴到唇边，自说自话般："其实你知道吗？我和她是有过约定的，五年前在中国的一个小镇，我与她交过手……"

手机里的阮宁婧一愣，如一只手划过心弦，回忆如潮水般涌来。

五年前的阮宁婧还没有参加过各种国际比赛，是队里最小的女孩，麦瑞也同样是队中最小的男孩，他们彼时在古镇遇到时，都只当对方是普通的游客，并没有想过会是"同道中人"，直到旅游团经过古镇一个特殊的景点时。

那是一个上了年头的古朴院落，不知哪朝哪代的人在地上刻出一副"棋盘"，还雕制了特殊的黑白棋子，虽略显破损，却也被后人沿用至今，甚至成为古镇一道别样的风景线，也成为院落主人"生财"的一种方式。

只要交了"对局"钱，就能在席天幕地的棋盘前玩上一局，主人的一对双生儿女穿着小道童的衣服，负责搬动棋子，整场对决妙趣横生，无数游客驻足围观，既刺激又别致，但凡有些棋道底蕴的人都会忍不住被吸引，跳出来玩上几手。

而这一回，跳出来的少男少女则很特殊，相仿的年纪，却是一中一外，一个明眸皓齿的中国小姑娘，一个蓝眸深邃的德国小帅哥。

游客们都沸腾了，团团围住院落，兴奋地想见证这场"中外围棋大赛"。

棋盘两头对面而站的阮宁婧与麦瑞，也都跃跃欲试地看向对方，那时他们都不知道对面的"小孩儿"也是专业的，都有一种想在"小孩儿"面前露几手的心态。

众人瞩目下，棋局开始了，一对双生小道童顶着啾啾头，抱着黑白棋子挪动得欢快。

斜阳中风声飒飒，才下了没几子，对面而立的两个人便都心头一惊，同时抬首望向对方。

那眼神中分明写着一样的疑惑与惊叹，更在彼此目光确认后，都燃起了一样的兴奋斗志。

院落主人抓着把小茶壶，一边观局一边细饮，看着看着，忽然悠悠一笑，窥出玄机般："小娃娃深藏不露，难以小觑，这回可算是棋逢敌手，顽石碰硬块了。"

一场棋局下得格外漫长，围观的游客们也都纷纷看出门道，交头接耳地议论起来，甚至有人开玩笑要来下注，而棋局中的少男少女却丝毫不受影响，只一心沉浸在黑白子的交锋中。

残阳如血，棋盘如古时的战场般，两方城池对垒，冲锋厮杀，那随朝代更迭的棋盘棋子也像有了灵气般，在各自主帅的号令中，渺渺散发出一股棋魂的味道。

这是一场"活"过来的棋局，勾起所有人的热情，而在全神贯注的气氛中，那对双生小道童忽然齐齐发出一声："棋子没了！"

众人这才霍然发现，那特制的黑白子早已被搬空，对面而立的两位少年也都抬起头来，愣在了黄昏中。

随着第一道忍俊不禁的笑声响起，所有人都鼓起掌来，阮宁婧与麦瑞也看看棋局，又看看对方，不约而同地笑了起来。

这是一场到最后一刻都没能分出胜负的比赛，离开小院时，麦瑞意犹未尽，与阮宁婧约定，总有一日，他会来中国再次与她对局，揭开未尽的输赢。

阮宁婧当时也是豪情万丈，毫不犹豫地应下挑战，与麦瑞一击掌,眼里光芒四射:"那就说好了,我等你!"

这一等,就是五年。

当麦瑞站到国际围棋大赛的舞台上,终于能真正和阮宁婧对局一场时,他心中的激动难以言喻,可老天爷似乎又跟他开了个玩笑,棋局又是戛然而止,胜负未知。

此刻,被麦瑞一语唤起遥远记忆的阮宁婧,还在手机里愣神时,少年修长白皙的手已将她又往唇边贴了贴,温热的气息喷在她的脖颈儿间。

"Siri,告诉我,你会下棋吗?"

【3】Siri,我好像越来越喜欢你了

黛安格来找麦瑞时,看到了令她难以置信的一幕——

少年握着手机坐在棋盘前,一边同手机说话,一边放下棋子,看起来就像虚无的空气中有人在跟他比赛一样,他下得津津有味,防守进攻一丝不苟,一副沉浸其中的模样。

"天哪,麦瑞,你在做什么?"

少年背影一颤,回过头来,绽开一个大大的笑容:"我在和我的Siri下棋呢,说出来你肯定不敢相信,你知道她有多聪明吗?她居然可以……"

"够了,麦瑞,你别再这样了,你知道我有多担心你吗?"黛安格生得很靓丽,是德国代表团中的小公主,她此刻浅蓝色的一双眸子里全是心痛,望着棋盘前的麦瑞一时不知说什么好。

她之前就听说他跟自己手机里的语音机器玩得火热,还对比了团队里其他人的手机功能,可她根本没当一回事,还以为是他待在酒店太无聊,但现在看起来,情况有些严重了。

"听着,麦瑞,这只是个语音机器人而已,你太着迷了,这样不

好。我想我们该回国了,你再这样下去我担心你失去理智,那位中国选手短时间内看来是不会醒了,你也该放下你的固执了……麦瑞,麦瑞,麦瑞,你听到我说话了吗?"

"亲爱的小公主,你太吵了,我都听不清Siri下一步要走哪里了,先让我下完这一盘再说吧,你先出去吧,好吗?我待会儿去找你,拜托了……"

少年两条大长腿终于忍不住站起,几乎是将黛安格连哄带推地送出了门,门一关,黛安格就听到里面传来兴奋的声音。

"Siri,好了,现在安静了,你把刚才要下的地方再说一遍,我帮你挪棋子。"

疯了疯了,真是疯了,黛安格瞪大她一双浅蓝色的漂亮眼眸,难以置信,最终还是掏出手机,打了个电话给代表团的随行翻译。

"嗨,Janey,你知道这附近哪里有商城吗?我想买部新手机送人。"

阮宁婧觉得麦瑞严重误会自己的用意了,她费心费力地抢夺系统话语权,拼命挤出那么多句话来跟他下棋,图什么?难道他还没看出来吗?这个中国本土版的"Siri"难道不像他认识的一个人吗?她只差拎着他的衣领冲他吼,这就是阮宁婧的棋路风格啊,你心心念念想挑战了那么久,为什么认不出来?

可惜麦瑞一心扑在棋局里,根本没注意那么多,或者说,他根本就从没往这方面想过,只觉得有趣新奇,也对,谁会想到一个大活人被困在了手机里?

阮宁婧觉得心很累,一松懈就让语音机器"Siri"夺去了话语权,当麦瑞又来问下一步时,手机里传来公式化的一声。

"对不起,我没听懂。"

麦瑞不死心："你又抽了吗？快说下一步要往哪儿走？"

他已经习惯Siri的时抽时不抽，时而机器时而人性了，他当然是喜欢人性化的那个了，并且已经能很轻易地分辨出来了，比如现在复读机一样干巴巴重复的就是机器在作祟。

"对不起，我不明白你在说什么。"

"我说你下一步棋要走哪里。"

"对不起，我没听懂。"

"要走哪里？"

"对不起，我没听懂。"

"够了，你再这样我就带你去泡澡，信不信？"

"……我累了，你太笨了，不想和你下了。"

阮宁婧终于有气无力地吐出这一句，棋盘前的麦瑞愣了一下，紧接着哈哈大笑，抱着手机往后一仰，乐不可支地倒在了床上，嘴巴都要贴到阮宁婧的脸上了。

"Siri，我好像越来越喜欢你了。"

【4】如果没有遇见你，我将会是在哪里

越来越喜欢Siri的麦瑞连睡觉前也不放过她，他不知道在哪里看到一个好玩的网络测试，也拿来兴奋地问阮宁婧。

"Siri，你会B-box（一种口技）吗？"

阮宁婧一时没提防住，让机器Siri抢先了，黑暗的屋中立刻响起："动次大——动次大——动次大——"

停停停，太羞耻了，阮宁婧涨红着脸拼了老命才压制下去，声音戛然而止。

麦瑞刚笑到一半，凑近奇道："怎么停了？来，再来一段。"

休想！

阮宁婧咬紧牙关,使尽全身力气去压制那蠢蠢欲动的系统,麦瑞又问了好几遍后,都不见回答,脑子一转后,换了种问法:"Siri,那你会唱歌吗?"

唱歌?阮宁婧一怔,忽然电光石火间捕捉到什么一般,眼前骤亮!对啊,唱歌,她可以通过唱歌来表达自己的想法!

快快快,选首什么歌曲来传达信息呢?怎么传达她就是决赛上那个和麦瑞下到一半、忽然晕过去的倒霉对手呢?

没有更多时间思考了,感觉到机器Siri也在摩拳擦掌了,阮宁婧一边拼命压制着,一边赶紧唱了出来,管不了那么多了,就这首吧——

"如果没有遇见你,我将会是在哪里,日子过得怎么样,人生是否要珍惜……"

听啊,认真听啊,听不懂就看屏幕翻译的歌词啊,快想想,快看提示,快猜她是谁!

如果没有遇到他,她会在哪里?她跟他有什么关系?他如何影响了她的人生?

略微颤抖的女声在黑暗中回荡着,麦瑞握着手机静静听着,屏幕上的光映着他英俊的眉眼,他似乎听得入神了,等到一曲完毕后,才幽幽开口,竟然是磕磕巴巴的中国话。

"我听过,这是邓丽君的歌,很有名,也很多年了,我喜欢。"

不,阮宁婧一个激灵,欲哭无泪,她不是这个意思!再好好想想,领悟更深层次的意义,拜托了,聪明的麦瑞!

"唱得真好听,再来一遍吧。"可惜麦瑞仍然沉浸在莫名的情愫中,温柔地对手机道。

阮宁婧咬咬牙,不屈不挠,继续发狠劲压制系统,开始不断循环意有所指的第一句:

"如果没有遇见你,我将会是在哪里,日子过得怎么样,人生是否要珍惜……"

整整重复了快十遍,跟留声机卡壳了似的,麦瑞终于忍不住了:"不,Siri,我不是要你重复这一句,我是要听全部的,听整首歌。"

听全部个头啊,阮宁婧又气又急又累,都快没力气跟系统抢"话语权"了,她好想从屏幕里伸出两只手摇醒麦瑞,快听提示啊,快展开发散思维啊,快猜出她的身份啊……

然而什么都没有,麦瑞最终笑了笑:"你一定是累了,Siri,谢谢你今天唱歌给我听,我很开心……晚安。"

修长的手指温柔一按,屏幕黑了下去,指尖又轻轻摩挲了几下,像是在安抚疲惫的恋人。

阮宁婧被他这一摸,浑身都起了鸡皮疙瘩,却又有种异样的感觉涌入心间,怪怪的,但……不讨厌。

【5】把你的新手机也拿走,我不需要

第二天一整天麦瑞都缠着阮宁婧唱歌,阮宁婧累得不行,到了晚上,麦瑞要去洗头发了,她好不容易想闭会儿眼睛时,忽然听到了敲门声。

脑子依旧不想动,阮宁婧迷迷糊糊只听到两个推来推去的声音。

"不不不,我不需要新手机,谢谢你,黛安格,你快拿回去吧……"

"这是最新款的,才出没多久,比你那个好用多了,我费了好大劲儿才买到的,你真的不考虑收下吗?"

"我用原来的手机就行了,挺方便的,功能也都齐全,最重要的是,还有我独一无二的中国版Siri呢。"

"……"

她听明白了,这是有小姑娘要给麦瑞送新手机呢,脑子一下就清

醒了，不成不成啊，送了新的她怎么办？锁进抽屉里吗？那她就真的一辈子都出不来了。

还好麦瑞立场够坚定，阮宁婧暗暗松了口气，心里又有些暖暖的。

可惜黛安格不开心了，麦瑞拒绝了半天，见她还是说不通，也不再管她了，自己进浴室去洗头发了。

这一离开，空气里就莫名紧张起来，阮宁婧感觉到一道灼热的目光扫了过来，女人的第一直觉告诉她，不妙了。

果然，有轻巧的脚步声靠近，一只白皙的手拿起了她，少女漂亮的面孔映在屏幕上，嘴边的笑却是冰凉的。

"中国版Siri？你一定是什么手机病毒吧，把麦瑞迷成这样，你真不该继续存在下去了……"

阮宁婧的心提到了嗓子眼儿，她想喊但喊不出来，只感觉到手一松，"哐"的一声，屏幕四分五裂，一切来得猝不及防。

下一秒，麦瑞已经听到动静从浴室里冲了出来，头上的泡沫都还没冲干净。

黛安格惊慌不已，浅蓝色的眼眸楚楚可怜："对不起，麦瑞，我不小心的，我只是想拿起来看一看，研究一下你的手机到底有什么特别的地方，一下没拿稳……"

麦瑞顾不上她的道歉，猛地蹲下去，拿起手机的指尖都在颤抖："怎么样？Siri，你还好吧，你还能说话吗？"

阮宁婧被摔得眼冒金星，半天没缓过神来，只觉身体一阵阵地疼，她过了好久才发出虚弱的一声："疼。"

麦瑞的眼泪立刻就掉了下来，把一旁的黛安格都吓住了，她还没来得及说话，满头泡沫的少年已经用毛巾随便一擦头，披了衣服就要往外冲。

"麦瑞，等等，你想去哪儿？这么晚了，维修店肯定都关门了，不信你打电话问问官方售后中心。"

几通电话拨过去都是忙音，网上能查到的附近维修网点也确实都下班了，麦瑞无计可施，最后只能苍白着脸握住手机，不停地安慰道："Siri，你再坚持一晚上，明天一早我就带你去维修中心，你再忍忍……"

他这副模样让黛安格都快气疯了："麦瑞，你不觉得你现在很不正常吗？你真把它当人来看了吗？"

"请你出去吧，我暂时不想看到你。"

少年背对着黛安格，头也未抬一下，一动不动。

"顺便，把你的新手机也拿走，我不需要。"

【6】Siri，你会消失吗

整个晚上，麦瑞抱着破碎的屏幕，都在不停地和阮宁婧说话，像是生怕她"睡着"了，就再也醒不过来了……

他声音哽咽着，用的是笨拙的中国话："你别死，你别死……"

那样炙热的情感，连阮宁婧都听得心里酸涩，难以承受，深陷其中的少年却浑然不知。

他不觉得自己不正常，不觉得自己疯了，他只知道他的Siri很独特，即便难以解释，但不管是什么高科技的产物，抑或是什么附身，他都不管了，他就是不想她离开，他喜欢跟她说话，喜欢逗她生气，喜欢和她下棋，喜欢听她唱歌……

就算真的和黛安格说的一样，他把她当人来看了，又有什么不可以呢？

眼泪大颗大颗地坠下，把阮宁婧的心里也淋湿一片，她第一次觉得呼吸是件这样困难的事。

"Siri，老实告诉我，你会消失吗？"

少年的气息温热地萦绕着，让阮宁婧心一揪，莫名难过，但她实在太累了，只能任由系统控制她的声音，一板一眼地发出："不会，我只属于你，我会永远陪着你。"

那边沉默了许久，忽然又在黑暗中开口，逐字逐句，极缓极轻。

"我想听真的Siri说……听我的Siri说。"

朝夕相处间，少年早已能够很轻易地分辨出，哪个是系统程序的编码，哪个是他的Siri真正的回答。

他不想要机械公式化的那个，他只想要会说会笑会生气，独一无二属于他的那个。

"你会消失吗？"

他又问了一遍。

阮宁婧已经很虚弱了，但她还是强撑着战胜了系统一回，带着安抚的意味道："我不知道，可我会尽量不消失。"

握住她的手紧了紧，少年深呼吸了几下后，贴近她，笑得温柔而认真："那我给你唱歌，你别睡着了。"

"如果没有遇见你，我将会是在哪里，日子过得怎么样，人生是否要珍惜……"

黑暗中，依旧是笨拙别扭的中国话，调子却意外缱绻动听，听得阮宁婧的心柔软一片，像听到一朵花开的声音。

她想，菩萨保佑，碎的一定只是外屏，换张表皮就能搞定。

第二天一早，麦瑞正在洗漱，有人却比他还早一步，锲而不舍地敲开了门。

眼下一圈乌黑的黛安格，像是一夜没睡好，站在门外神情哀楚。

"对不起,麦瑞,是我错了,你能原谅我吗?"

麦瑞面色郁郁,正要开口时,门外不远处有人忽然向他招手,是教练在叫他,他来不及多想,向黛安格匆匆说了句"没事了,你快回房吧,我不怪你",便赶紧朝教练而去。

"麦瑞,代表团不能再停留了,我们必须马上启程回国了,等不到你的决赛对手醒来了……"

"可是……好吧,那再等我一天,我还有件重要的事情要做。"

教练与麦瑞的对话断断续续地传来,黛安格小心地看了他们一眼,踏入屋内,一扭头,就看见厕所里的洗漱台上,静静放着一部手机。

一部麦瑞还来不及拿走的手机。

破碎的屏幕映出黛安格破碎的脸,她的手在微微颤抖着,但浅蓝色的眸中依旧写满了不甘心:"就为了你,麦瑞第一次和我生气,你到底是什么魔鬼……"

打扫卫生的酒店保洁员推着垃圾车进来了,黛安格的声音戛然而止,她转过头,一眼就看见了那台垃圾车。

许多事情,鬼使神差,只在一瞬间。

趁保洁阿姨弯腰收拾地面的时候,半空中划过一个漂亮的弧线,阮宁婧在内心尖叫着,手机却无声无息地掉进了垃圾车里。

目送着保洁阿姨推着车越走越远后,黛安格在身后总算松了口气,浅蓝色的眼眸充满了笑意:"再见了,魔鬼。"

【7】我是中国人,只能留在中国

一台台推车,一袋袋垃圾地翻找着,少年的动作疯狂而绝望,把酒店的负责人都惊动了,代表团的队员们也闻声赶来,教练一声大喊:"麦瑞,你在做什么?快停下!"

旁边的黛安格更是咬紧唇,浅蓝色的漂亮眼眸已经泛出泪光来:

"麦瑞,你这个疯子,我讨厌你,讨厌你!"

她原以为只不过是部手机,哪怕麦瑞一时痴迷也终究会清醒过来,但没想到他从教练那里回来,发现手机没了后,竟然神色大变,发疯似的质问她,吓得她哆嗦着说出了实情。

此刻垃圾推车里,少年的身影像只孤勇的飞鹰,汗水夹杂着泪水不停落下,他曾经下棋的双手不断翻找着:"Siri,Siri,你在哪里?你别怕,我来找你了……"

当终于翻到那个破碎的屏幕时,濒临崩溃的少年几乎是喜极而泣,颤抖的手迅速打开系统,呼吸都紊乱了:"Siri,你还好吗?你还能说话吗?"

不知过了多久,那边传来熟悉的一声:"我还好,就是有些晕。"

所有人忽然看到少年又哭又笑,跪在成排的垃圾车间,将破碎的手机一把按在胸口,带着巨大的失而复得般的感激。

胸膛温热有力地起伏着,一下又一下地震动着阮宁婧,她感觉自己的心也跳得很快很快,而那灼热的泪水更是透过破碎的屏幕,氤氲了她的呼吸。

许是"大难不死",必有后福。

阮宁婧的祈祷起了作用,因为手机果然只是碎了最外面一层屏,里面完好无损,很快就修理得焕然一新,但阮宁婧还来不及高兴,随之而来的却是两个不好的消息——

一是医院传来消息,高级隔离病房里的阮宁婧情况不妙,生命体征越来越弱;二是,德国代表团一行人,要回国了。

麦瑞握着手机,坐在候机大厅里,不知道怎么跟他的Siri开口。

他的中国版Siri,在回到德国后,还会不会存在?

他不敢问。

但手机里的阮宁婧却已是心急如焚,她也感受到自己的能量越来越弱,可能是离开身体太久了,再不回去的话,只怕她还上不了飞机,就会同时和病房里的那具身体一起断气。

快啊,快送她回病房,快让她回到身体里面去,阮宁婧在手机里绝望地呐喊着。不知是否感应到她的呼唤,一只手忽然拿起她,贴到唇边,犹豫道:"Siri,回到德国了,你还会不会是'你'?"

有些绕的一句话,但阮宁婧听懂了,甚至听得很激动,想也未想地就压制了机器Siri,急促回答道:"不,不会是我了,我会死去,会消失。"

少年手一颤,沉默了许久后,呼吸沉重:"你是中国人对吗?只能留在中国?"

"是,我是中国人,只能留在中国。"

天哪,终于问到这方面了,快接着往下问啊,阮宁婧激动得快要哭了,她感觉自己的能量在飞速流逝,气息越来越弱,可能回答不了几个问题了,麦瑞一定要快点儿问到点子上。

"你就不能跟我回德国,就像你们中国话说的那样,嫁猫随猫,嫁蝙蝠随蝙蝠吗?"

"你别乱改我们的成语……好了,这不是关键,关键是我是中国人,我是中国人。"

"可我是德国人,我必须要回去了,我不想和你分开,不想。"

"我也不想,但我是中国人,我是中国人……"

阮宁婧又像复读机一样开始不断重复着这一句,她希望麦瑞能听懂她的强调,听懂她的提示,因为她感觉眼皮越来越重,快要支撑不下去了……

终于,少年不知沉默了多久,忽然问道:"那你有中国名字吗？"

就像洪荒之初，开天辟地的那一把斧头，让希望之光在眼前乍泄，手机里的声音像拼尽最后一丝力气，虚弱而激动地喊出。

"有，我叫阮宁婧，我叫阮宁婧，我叫阮宁婧，快送我回病房……"

候机大厅里，所有人都在登机前十分钟看到了无比惊奇的一幕，一位外国美少年握着手机从登机口狂奔出来，一路飞跑，不顾身后众人的呼喊追逐。

盛大的夕阳透过落地窗倾洒而下，他英俊的五官沐浴在柔光里，衣袂发梢都像染了层金边似的，让人目眩神迷，只觉美得恍惚如梦。

【8】还好遇见你，人生更珍惜

国际围棋大赛上，因意外而中断的决赛再次开启，受到了更为瞩目的关注。

执子对弈的两个人像相识多年，气氛融洽而微妙，不时抬头，相视一笑，默契非常。

当最后一子定下输赢时，满场观众起身鼓掌喝彩，这是一场毫无疑问的精彩赛事，掌声不仅是给赢了的中国选手，也是给那位实力相当的德国少年最大的尊重。

麦瑞站起来，像实现了心中一桩夙愿般，长舒了口气，握住了阮宁婧的手。

他压低声音，在无数射来的闪光灯下，唇角微扬地看着她，用只有她一个人能听见的熟稔口吻道："我的Siri小姐，看来我暂时还是赢不了你，你介不介意我挑战你一辈子？"

阮宁婧回握住那只手，感受那指尖传来的温度，就像曾经无数次包裹住她的一样，她正视他的目光，笑如故人。

"乐意之至。"

少年的中国话显然还不算太精进，对这四个字反应了一会儿，于是，阮宁婧笑得更温柔了。

"简单来说就是……"她想起曾与他在那些黑夜中唱过的歌，动人的旋律仿佛就回荡在耳边，有什么在心头柔软泛开，她望着他一字一句：

"还好遇见你，人生更珍惜。"

尾声

小镇在这一年的春暖花开中，古朴的院落迎来了两位特殊的客人，主人家依旧握着小茶壶，看到夕阳中依偎的两道身影，一点儿也不意外，反而微眯了眼，宛如故人重逢："小娃娃们长高了，我的棋子也新雕了许多，再不会下到一半，没得玩喽。"

少男与少女相视而笑，握紧彼此的手，微风掠过他们的衣袂发梢，她凑到他耳边，故意挑衅。

"要不要和Siri再来一盘，勇敢的少年？"

当大乔遇上小乔

有人长得高就会有人长得矮,有人坐第一排就会有人坐最后一排。世间万物都是不同的。我只是胆小,但我不是懦夫。

你是年少的欢喜，喜欢的少年是你

【1】就在那个平常的午后，乔诗诗诞生了一个全新的身份

高中部，熙熙攘攘的食堂里，一男一女对面而坐。

"小乔，帮我把洋葱挑出来吧。"

乔锦官把餐盘往前一推，再一次向对面的乔诗诗提出要求，他无视正埋头吃饭的乔诗诗对他的无视，反而唇角越扬越高，又反复要求了几遍，空气里都带了十足的挑衅味道。

终于，乔诗诗深吸了口气，把头抬了起来。

四目相对，有电流激荡，刺刺作响，这是大乔与小乔的第N次正面交锋！

乔诗诗一脸严肃，拿出在警校模拟审讯犯人的气度，屈指敲了敲桌子，对面前不屑一顾的少年开口道：

"第一，长幼有序，早就和你说了，我是大乔，你是小乔；第二，我是你妈请来暗中保护你的，不是你的挑菜工；第三，还有67天就要高考了，希望你端正学习态度，别再让你妈担心了。"

她话还没说完，对面的乔锦官已经"扑哧"笑出声："啧啧啧，还有模有样的，你真拿自己当我表姐啦？"

他凑近压低声音，一挑眉，略带奚落："乔sir（先生），别忘了你的正经任务，你倒是先把那'贼'捉到啊。"

乔诗诗被一噎，刚想怒喝一声"乔锦官"，但发现喝出又会变成"乔警官"，白白让他占去了便宜，只得狠狠地将筷子一敲："啰唆什么？吃饭吃饭！"

乔锦官今年高三，乔诗诗今年大三，一个是准高考生，一个是实习片警。

巧的是，乔锦官就读的学校，刚好位于乔诗诗管治的辖区范围内，所以她实习以来接到的第一桩任务，居然是保护英雄学子顺利高考。

所谓"英雄学子"，自然是生在成都，长在成都，连名字都取了成都雅号"花重锦官城"的乔锦官。

他是个体育生，高高瘦瘦的，学习吊儿郎当，却在某一天忽然收到一面锦旗，成了学校大肆报道的"英雄学子"。

一个月前，乔锦官在公交车上抓到了一个小偷，那家伙胆大包天，竟然直接上手抢夺起一个妇人脖子上的金链子，满车的人无一敢管，就在妇人的尖叫声中，靠窗睡着的乔锦官猛然惊醒，恰看见那凶神恶煞的小偷掏出匕首，他来不及多想，及时将怀里的篮球砸了出去。

像上演了一场电影般，砸球、夺刀、搏斗……一系列过程下来，乔锦官摇身一变，成了英雄学子。

却在表彰大会开完没多久，乔锦官新发的篮球服竟被人剪了个大窟窿，上面还用黑色的记号笔写了个醒目的数字——

119。

119，恰是那时乔锦官距离高考的日子。

如一个恐吓，意外开始频频发生，扎破的篮球、撕烂的书本、墨水倾倒的课桌，每一次破坏都会留下一个数字，107、96、88……

像是死神的倒计时,暗处潜藏的那个影子无孔不入,叫人防不胜防,起初还以为是同学恶作剧的乔锦官终于意识到,那个人可能是在公交车上被他抓住的小偷。

当时那人仓皇跳下车时,紧盯他校服前的校牌,一声恨骂:"臭小子,我记住你了,高三(7)班是吧,你等着!"

他剑眉一挑,不屑一顾:"行,我等着,谁不来谁是孙子!"

他那时压根儿没想那么多,后面几天过去了也都没事,渐渐就将这茬抛诸脑后了,如今忽然意识到这些可能都是那小偷的"手笔",一时间,乔锦官居然哭笑不得。

这就是所谓的"你等着"?也忒没胆了,连正面都不敢露一个,搞这种故弄玄虚的把戏。

乔锦官不在意,他妈知道后却如临大敌,当即就瞒着儿子上了派出所。

乔诗诗现在还记得乔妈妈做笔录的样子,一把鼻涕一把泪,满眼都是担忧。

她说这贼太缺德了,搞恐吓战术,来个倒计时,就是想让她儿子提心吊胆,惶惶不可终日,最终在高考那天对他下手,让他抱憾终生……

这分析很有道理,做完笔录后所里一合计,齐齐将目光定在了乔诗诗身上。

就在那个平常的午后,大三初来乍到实习的片警乔诗诗,诞生了一个全新的身份——

高三(7)班英雄学子——乔锦官寸步不离的陪读表姐。

【2】乔锦官与乔警官的初次会面绝不算愉快

乔锦官与乔警官的初次会面绝不算愉快。

那也是个再平常不过的午后,乔诗诗脱去警服,身着白T恤,挎着肩包,踏入了"新表弟"的高中部。

才一见面,她就送了乔锦官一份意想不到的"大礼"。

因为在乔妈妈手机里见过"表弟"的照片,所以当乔诗诗眼尖地在操场上认出乔锦官,并发现他正被人勒住脖子满脸通红时,乔诗诗几乎没有犹豫,甩开肩包,一个箭步冲了上去,气势如虹,响彻长空——

"放开他!"

那是个极其漂亮的过肩摔,乔诗诗在警校打的底子果然不错,所有动作一气呵成,惊呆了正在上体育课的同学们。

对,就是体育课,教学生防身术的体育课。

就在刚刚,乔锦官正和搭档演练得正欢时,不知从哪儿冒出来的疯女人,以迅雷不及掩耳的速度,咔嚓,摔坏了他的搭档。

地上无辜遭殃的小胖欲哭无泪。

直到这时,被同学们团团包围的乔诗诗才醒悟过来,自己犯了多么大的一个错,面对体育老师的连声追问,她窘迫欲死,情急之下一指乔锦官,脱口而出:

"我……我是乔锦官同学的表姐……表姐……"

乔锦官张大了嘴,刚想说些什么,乔诗诗已经饿狼般扑了上去,一把捂住他的嘴,在他耳边急切道:"小乔表弟,你妈没告诉你吗?来之前我还和你通过电话的,对,我就是前来帮助你的辖区片警,编号28097的乔诗诗……"

后来,乔锦官回想起来这一幕,总是会由衷地对乔诗诗说道:"你知道我当时的感受吗?就好像一记闪电劈下,我耳边骤然响起了《最炫民族风》的歌声……"

说这话时乔诗诗已经和他成了同桌，乔妈妈特意找校里领导解释了原因，使得乔诗诗成了有史以来最特殊的陪读，陪着高个儿的乔锦官坐在了最后一排，一起上课一起听讲，宛如古时候的贴身书童。

乔锦官对乔诗诗的评价是，出场时像匹疯狼，陪读时像只壁虎。

他给出这句评价时，乔诗诗正在帮他整理试卷，闻言转过头，面无表情："表弟，你想上厕所吗？"

一击即中，前一秒还眉飞色舞的乔锦官立刻脸色一变，一副吃了苍蝇的表情。

这个"典故"还要从乔妈妈给儿子买的营养品说起。

因为是体育生，每天除了训练就是学习，格外辛苦，乔妈妈心疼儿子，所以特意给他买了一套国外进口的营养品，好好补一补。

乔锦官本来不愿意吃这些东西，但偏偏身边有个陪读"表姐"，不遗余力地执行他妈的命令。

这营养品别的功效乔锦官没尝出来，倒是吃了后新陈代谢旺盛，上厕所的次数以坐火箭的速度攀升，他都觉得自己快尿频了。

但这还不算什么，最要命的是，每次上厕所乔诗诗都一定要寸步不离地陪他去！

乔锦官简直要抓狂了："你疯了吗？你还是不是女人？你再这样我要告你骚扰了！"

"我不进去，就在门边站着，你有事叫我，以防万一。"乔诗诗丝毫没觉得不好意思，反而一本正经地分析道，"厕所可是藏匿犯罪分子最好的地方，据我们警校的数据库显示，从2000年到2014年，全球共有厕所偷袭案例……"

"打住！"乔锦官忍无可忍，"无聊！"

他愤愤起身："爱跟不跟，反正丢脸的是你。"

呵呵，毕竟年轻，乔锦官想得太单纯了，丢脸的绝对不只是他

"表姐"乔诗诗!

从那天以后,整栋教学楼都在传,高三(7)班的体育委员上厕所自带"保镖",次数频繁,似有隐疾……

学校论坛上更是议论纷纷,标题夸张,各种调侃,他如厕的背影成了一道风景线,他所在的厕所成了一处景点,他,就是公交车上勇斗歹徒的英雄学子——乔锦官!

乔锦官快要被自己胸口的一口血呕死了!

人说丧失理智会变蠢,果然不假,变蠢的乔锦官在极度悲愤下,做了一件此生最后悔的事情——

憋尿!

他硬生生地憋了四堂课,终于在最后一堂数学课结束前十分钟,大叫一声,猛地站起,然后在全班惊骇的目光下,憋红着脸,一句话都还来不及说,就一头栽了下去。

全年级沸腾了。

比之前更爆炸性的新闻传开了,乔锦官千载留名了,他成了高中部第一个因为憋尿在课堂上昏过去的学生。

【3】班花的表白

虽然在憋尿事件后,乔锦官恨恨地扔了所有营养品,也勒令乔诗诗再不准跟他上厕所,但他仍会时不时受到这位"表姐"的刺激。

开始是乔诗诗出于对他的担心,长了心眼儿,课间都要多嘴问一句,后来逐渐演变成了一记极具杀伤力的武器。

每当乔锦官将卷子扔给乔诗诗做,或是想让她帮忙写篇作文时,乔诗诗都会原样不动地推给他,然后轻飘飘地来一句:"表弟,你想上厕所吗?"

乔锦官差点儿咆哮着把桌子掀翻!

在"百炼成钢"后,贼没捉到,乔锦官终是心力交瘁,不堪重负:"承认吧,什么特殊任务,你其实就是和我妈串通一气,替她来监督我读书的小人吧。"

乔诗诗嘿嘿一笑,转过头驾轻就熟地过招:"不用太感动,请记住我的编号,28097,为人民服务,无上光荣!"

乔锦官又是一口血想要喷出:"走开!"

就在这样插科打诨的日子间,数字狂魔,对,就是那个神出鬼没的贼,他们给他取了代号,叫他"数字狂魔",他"不负所望",又出手了两次,分别留下了"75"和"68"这两个数字。

这两次,不偏不倚,刚好一次是乔锦官因如厕自带"保镖"在学校论坛走红的日子,一次是他自己蠢死在课堂上晕倒引起全年级沸腾的日子。

乔诗诗越分析越觉得不对劲了,这数字狂魔也忒神通广大了,这是对乔锦官了如指掌的节奏啊,仿佛一举一动都在他的监视之下,简直……太可怕了。

比起乔诗诗的愁眉不展,乔锦官显然开怀很多,因为他终于有个能"攻击"乔诗诗的地方了。

所以在食堂里,他才会故意挑衅叫她挑菜,还凑近压低声音,啧啧奚落她:"乔sir,别忘了你的正经任务,你倒是先把那'贼'捉到啊。"

乔诗诗恼怒不已,更加卯足了劲儿找线索,不过在接下来几天,她却忽然想到了什么。

这日课间,她推醒抱着篮球呼呼大睡的乔锦官,一脸严肃:"小乔表弟,经过我缜密的分析,我有一个大胆的推论,你说这会不会是……"

懵懵懂懂的乔锦官还没听清个所以然,耳边就传来一声清脆的呼唤:"乔锦官。"

他和身旁的乔诗诗同时抬头,入目的是一袭白裙,以及班花洛雪含羞带笑的一张脸。

"乔锦官,你……你出来一下,我有话对你说。"

当抱着篮球的乔锦官起身同洛雪出去,两道背影一起消失在门口时,乔诗诗才回过神来,喃喃着那没说完的后半句:

"……会不会是,熟人作案……"

洛雪向乔锦官告白了,在距离高考还剩63天的时候,还约他晚上在操场见面。

"你……答应了?"

"嗯,答应了。"顿了顿,乔锦官补充一句,"干吗不答应啊?"

乔诗诗对上少年坦然的目光,一下觉得胸闷不已:"在这个关头你想早恋吗?"

乔锦官眨眨眼,凑近乔诗诗,笑得狡黠:"不是,我只答应操场见面,没答应表白,虽然不讨厌,但也没多喜欢,先看看呗。"

温热的气息吞吐在脸上,那一瞬,乔诗诗满头冷汗,下意识地就想摸到腰间,看自己有没有带枪。

【4】伤心的物理课代表李哲

昏暗的灯光下,偌大的操场成了情侣约会的好地方,时不时能看到三三两两的几对,绕着操场一圈一圈地踱步。

乔诗诗挎着包,亦加入了他们当中,只不过是不远不近地跟着前面的两道背影。

当初知道乔诗诗连约会都打算跟着时,乔锦官直呼"大煞风景",又打量了乔诗诗半天,最后啧啧给了一句评价:"人民警察做到你这份上,简直了。"

乔诗诗不以为意,又拿出一副老干警的派头:"小孩儿懂什么?我跟你说啊,越是操场那种昏暗的地方,越是容易藏匿不法分子,据我们警校的数据库显示,从2000年到2014年,全球共有操场偷袭案例……"

"得得得,您老打住,打住……"乔锦官捂住耳朵,一副不忍直视的表情,摇头故作惋惜:"28097号的小乔同志啊,我似乎已经预见了你的未来,你一定要做好嫁不出去的准备,没事的,这年头'黄金剩斗士'太多了……"

夜风飒飒,此刻走在昏暗的操场上,回想起白日里乔锦官的挖苦,乔诗诗百感交集,又心塞又好笑,不由地冲着前面那道俊挺的背影挥舞了几下拳头:"小兔崽子,自己先考上大学再说吧!"

她说完不经意地一瞥,却是路灯下有黑影一闪而过,她眼皮一跳,几乎脱口而出:"李哲?是你吗,李哲?"

李哲,高三(7)班的物理课代表,与乔锦官是截然不同的存在。

一个矮,一个高;一个坐第一排,一个坐最后一排;一个头脑发达,四肢简单,一个头脑简单,四肢发达……

咳咳,当初乔诗诗这么对比的时候,最后一条乔锦官说什么也要她改掉,他随手拿起一本书:"开什么玩笑?小爷明明是头脑也发达,四肢也发达的神奇存在!"

乔诗诗做嫌恶状,伸手上前:"书拿倒了,少年!"

那时课间打闹,也没留意李哲正好从门外进来,等到乔诗诗发现时,李哲已经有些尴尬地低下了头。

他听到了他们玩笑的对比,乔诗诗只觉大窘,又愧意满满,还来不及说什么,李哲就已经低头快步走了。

那真是个……老实人。

李哲长得瘦瘦小小,在班上一向没什么存在感,偶尔还会受点儿小欺负,所以乔诗诗从来没有想到,会在今天这种场合撞见他,而理由还是那么叫人大吃一惊——

"其实,我……我今天也向洛雪表白了,但她不同意,转头……转头就约了乔锦官……"

操场一角,昏黄的灯光下,瘦小的李哲几近哽咽,听得乔诗诗五味杂陈,一时不知该说什么来安慰这可怜的孩子。

"那个,姐姐告诉你啊,到了大学你会遇到很多很多人,到时好姑娘随你挑,真的……"

夜风迎面拂来,乔诗诗安慰得很牵强,李哲却摇摇头,哭得更加伤心了:"可没有姑娘会喜欢我这种,我这种……"

他声音哽咽含糊,后面说的两个字乔诗诗没有听清,还没等她问出来时,李哲已经一抹眼泪,双眼红红地望向她,目光带有恳求:"请……请替我保守住这个秘密,拜托了!"

乔诗诗一愣,怔怔点头,还想说些什么,李哲已经鞠了个躬,快步而去,瘦瘦的身影瞬间就没入了夜色中。

不知在风中站了多久,直到身后传来熟悉的玩笑声,乔诗诗才一个激灵回过神来。

"小乔同志,你今天有点儿'玩忽职守'啊,去哪里溜达了?转了好几圈都没见你跟着,小爷还以为你被敌国特工抓走了,害小爷火急火燎地结束约会,生怕赶不上给伟大的特工们塞钱送礼啊……"

乔诗诗回头就望见乔锦官那张大大的笑脸,无赖又欠扁,乔诗诗没来由地就觉得讨厌,一声哼,理也不理他,径直往前走去。

"害人精!"

挨了骂的乔锦官莫名其妙，挠了挠脑袋，紧跟上去："乔大姐你更年期提前了是吧？"

【5】乔太公钓鱼，愿者上钩

当又一个数字"60"出现时，乔诗诗已经十分淡定、毫不夸张地说，她已经摸清了数字狂魔的"作案规律"，那就是——

每当乔锦官有什么事情发生，数字狂魔就会出来，像个地质勘测仪，稍微有点儿风吹草动都能感知。

"75"是因为乔锦官在学校论坛走红，"68"是因为他憋尿昏倒引起全年级沸腾，而"60"则是因为班花洛雪的礼物。

对，就是那张限量版的NBA（美国职业篮球比赛）篮球明星海报，乔锦官这边还没焐热，那边就被数字狂魔毁掉了，那上面写了一个大大的"60"，极尽挑衅！

这一次，乔锦官真的怒了。

"别被小爷抓到，居然敢涂花艾弗森英俊无比的脸，简直太过分了！"

乔诗诗瞥了眼海报上粗犷的球星，耸耸肩，表示难以苟同乔锦官的审美。

但这些都不重要，重要的是，乔诗诗有计策了。

她附在乔锦官耳边一番窃语，末了，得意扬扬地说："你等着吧，数字狂魔马上就会落网了，这就叫'乔太公钓鱼，愿者上钩'……"

因高三学生压力大，学校每个月专门有堂解压课，供学生们游戏放松，这一回，不知是谁发起了一项活动，高三（7）班票选起了班草，一片热闹声中，人缘好又长得帅的乔锦官自然以高票当选。

当他从台上接过临时做的"班草通行证"时,他夸张地一甩头:"天生丽质,就是这么自信!"

全班哄然大笑,乔诗诗也在台下笑得拍桌子,却没有人发现,她正眼观八方,大脑高速运转,不放过一点儿蛛丝马迹。

获选班草第一天,风平浪静;

第二天,风平浪静;

第三天,风平浪静;

……

那张由校牌改造成的"班草通行证",放在了乔锦官桌上最醒目的地方,他每天放在手里摩挲几百遍,就差没买个框把它裱起来了。

可惜,还是风、平、浪、静!

乔锦官不由怀疑起乔诗诗判断错误,他真的快忍受不住了,因为每天中午和乔诗诗挤在书柜里一起守株待兔,真的好、热、啊!

高三(7)班的小书柜,在这几天里,成了乔锦官和乔诗诗的根据地,他们每天中午都会藏在里面,等那个数字狂魔现身,然后来个"人赃并获"!

因为按照乔诗诗的数据分析,那数字狂魔十次有九次都是中午动的手,等到乔锦官下午上课一看,东西已经遭到破坏了。

这一回,乔诗诗有理由相信,数字狂魔的目标,绝对会是那张被乔锦官天天高调显摆,制作无比浮夸的"班草通行证"!

"可是大姐啊,人呢,人呢?"

空无一人的教室里,忍无可忍的怒吼从一角的书柜中传出,藏在书柜中的乔锦官汗流浃背,已经快被闷晕了。

他手长脚长,蜷缩成虾米样委实不容易,还得和乔诗诗紧紧相贴,闷热加倍,他简直觉得自己傻冒透顶了,居然会相信乔诗诗的分析,陪她来做这样一件可笑荒谬的事情!

这已经是第六天了，当乔诗诗又拿出那句"乔太公钓鱼，愿者上钩"来安慰他时，乔锦官的声音几乎从牙齿缝里挤出："大姐，这么热的天，我不去午睡不去打篮球，陪你窝在这个小书柜里，你觉得我是不是脑袋有毛病？嗯？和数字狂魔相比，我们谁更像烤熟的鱼？"

乔诗诗也被挤得满脸通红，刚想说什么时，耳尖一动，却敏锐地听到了脚步声，她一把拉住想要出去的乔锦官，手忙脚乱地捂住他的嘴，兴奋不已："来人了，鱼上钩了！"

【6】数字狂魔落网记

说时迟那时快，乔诗诗一个箭步冲了出去，猛地按住了那道瘦小的背影，彼时他正在"校草通行证"上写下新的数字，"哐当"一声，手中记号笔坠地，随之响起的是乔诗诗与乔锦官异口同声的惊呼："李……李哲？"

那个转过头，惊慌失措，哆嗦着腿的，正是高三（7）班的物理课代表，李哲！

他手下的数字都已写到一半，是个残缺的"52"，与黑板旁的高考倒计时一模一样！

从119到52，这个隐匿两个多月的数字狂魔终于落网，但居然是李哲！老实又瘦小的李哲！

乔诗诗与乔锦官张大着嘴，面面相觑，觉得整个世界观都颠覆了。

如果说几个月前，李哲对乔锦官还仅仅停留在"羡慕"的阶段，那么当乔锦官在公交车上勇斗歹徒，被评为英雄学子后，他对他的情绪就已经升级成了"嫉妒恨"。

这一定是个心有不甘又无比哀伤的故事。

乔锦官绝不会知道,当时那辆公交的最后一排上,还坐了他两个同班同学,不是别人,正是班花洛雪与物理课代表李哲。

他们目睹了他勇斗歹徒的全部过程,一个对他产生了强烈的崇拜,乃至后来发展成了浓情告白,一个却因他的对比显得懦弱不堪,从而对他产生了深深的嫉妒与怨恨。

李哲至今也忘不了那一天,他多么幸运地和洛雪坐上了同一辆车,还好不容易鼓起勇气和她说了几句话,但这一切,都被那场突如其来的意外打破了。

他们坐在最后一排,亲眼看见了那小偷抢夺妇人脖子上的金链子,洛雪急了,一推他:"李哲,快去帮忙!"

他却浑身僵硬,一动不动,甚至颤抖的手心里都出了层细汗。

洛雪推了他几下他都没动,那时的他一定看起来懦弱至极,因为没多久洛雪就在他耳边低声骂道:"胆小鬼,你还是不是男人?"

她说着就要站起,显然想出面帮忙,他却一个激灵,一把扣住了她的手腕,吓得话都说不清了:"别……别去,危险!"

洛雪当时看他的眼神他肯定一辈子都忘不掉,那是种怎样的鄙视与厌恶啊,叫他后来做梦梦到的都是那种铺天盖地的刺痛。

就在他们僵持时,那小偷忽然掏出匕首,妇人尖声呼救,电光石火间,一个篮球直接砸了出来——

英雄学子乔锦官,诞生了。

"你不知道我那时的心情,不知道那时洛雪看你的眼神,我,我在你面前像个小矮人,我无地自容,我简直……"

教室里,浑身颤抖的李哲再也说不下去,终是抱头痛哭。

如果没有乔锦官的衬托,他或许不会显得那么卑微,毕竟满车的人都没有谁站出来管,但,但偏偏就是多了一个见义勇为的乔锦官。

他看着他收下锦旗,看着他被封为英雄学子,看着洛雪跑上去给他献花,看着他站在高台上,阳光洒满全身,像个真正顶天立地的大英雄。

而他是大英雄,他却是蜷缩在阴影下的小矮人。

洛雪毕竟是厚道的,没有说出当时他也在车上的事,给他留了面子,但她看他的目光他受不了,他更过不了自己心里那道坎!

他仿佛着了魔,从他偷偷摸入教室,将乔锦官新发的篮球服剪了个大窟窿,还留下"119"那个醒目的数字时,就着了魔。

他控制不住自己的举动,他只是想吓吓乔锦官,每当他又得了什么荣誉,或是又出了什么风头,他就会忍不住摸到课桌里,摸起他那支藏着的记号笔。

为什么所有人都会注意到他?为什么他总是光芒四射?为什么他要那么勇敢?为什么……洛雪要向他告白?

这一桩桩一件件,像座大山压在李哲的心头,压得他喘不过气来。只有拿起记号笔,写下一个又一个数字时,才能稍稍发泄出来。

他像见不得阳光的小丑,永远只能在乔锦官身后偷偷仰望他,甚至偷偷跟在他和洛雪身后,看他们在操场上约会。

但他没有想到会遇上乔诗诗,那个曾以为是乔锦官表姐,如今才知晓真实身份的"乔sir"。

夜风飒飒中,第一次有人那样安慰他,即使笨手笨脚也让他心头温暖,他捂住脸,泪水却流得更多了:"可没有姑娘会喜欢我这种,我这种……"

他声音哽咽含糊,后面说的两个字只有自己听见了,那其实是——

懦、夫。

对，他就是个懦夫，一个彻头彻尾的loser（失败者）。

如果重来一次，他一定会毫不犹豫地跳出来，即使拼得头破血流，也不要再做一次懦夫！

【7】我是大乔，你是小乔

"有人长得高就会有人长得矮，有人坐第一排就会有人坐最后一排，有人勇敢就会有人胆小，世间万物都是不同的，不必耿耿于怀，一次的退缩算不得什么，更不会一辈子都打上懦夫的烙印，只要心中正义仍存，下一次，下一次勇敢站出来，战胜自己，无愧于心就好……"

一时的迷失也算不得什么，青春印记里的心魔很好打败，打败了再走回正确的路，依旧海阔天空，风轻云淡。

声音在教室里久久回荡着，阳光透过窗户洒进屋里，浑身颤抖的李哲抬起头，只对上乔诗诗善意的笑容。

她与乔锦官互视一眼，又同时望向他，十分默契地说了同一句话："我们没有见过数字狂魔，以后也不会再有数字狂魔了，对吗？"

李哲怔怔地望着他们，通红的双眼眨了眨，只见乔诗诗伸出手指，唇角微扬："来，拉钩，说话算话，李哲，我们又多了一个秘密。"

她转头望向乔锦官，乔锦官立刻会意，也伸出了一根手指，笑声在教室里响起："三个人的秘密。"

那一刻，屋外的阳光很灿烂，那些黑暗的犄角旮旯都被照亮，与之一同蒸发的，除了数字狂魔这个身份，还有青春印记里的许多许多……

后来乔锦官问乔诗诗，为什么那天在教室拉钩时，她说和李哲又多了一个秘密，难道他们还有什么他不知道的秘密？

乔诗诗歪头想了想，勾勾手指，乔锦官立刻凑过去，她在他耳边一声轻笑："总之不会是你想知道的秘密，害人精。"

那时乔诗诗已经实习完毕，回到警校，乔锦官和她一起坐在栏杆上，俯瞰整个操场。

被耍了的乔锦官一瞪眼，刚想开口，忽然像想到什么，从怀里掏出一个信封，换上了一张笑眯眯的脸："好吧，那我也告诉你一个秘密。"

他煞有介事地拆开信封："数字狂魔又出现了。"

"啊！"无视乔诗诗惊诧的神情，乔锦官取出信封里的东西，不紧不慢地摊开，"让我看看，这回的数字是什么……"

"20142578009，对，就是这个数字。"乔锦官摸摸下巴，抬头望向呆住的乔诗诗，"好了，小乔同志有什么想说的吗？"

在静默了几秒后，乔诗诗发出一声尖叫，一把抢过那东西："你居然报了我们学校，通知书都下来了，这是你的新学号对不对！"

乔锦官任她抢去，看她惊喜不已的神情，不由地咳嗽两声，装模作样道："我长手长脚，身手敏捷，觉得自己生来就是为人服务的料，所以学姐不准备对即将入校的学弟说些什么吗？"

乔诗诗笑得嘴都合不拢了，捧着录取通知书左看右看："没什么想说的……"

忽然，像想到什么，她蓦然抬头："实在要说的话，就一句……"

咳咳，清清嗓子，乔诗诗一声吼出，惊起飞鸟四掠，声音久久回荡在操场的上空——

　　"请学弟记住,再次声明,长幼有序,我是大乔,你是小乔!"

甘蔗将军

四十八根甘蔗,就是一辈子。

求不得的执着,让他面目全非,回不了头。

但这一次,他赌对了。

如果可以,他也希望时光永远停留在那个"少年不识愁滋味,策马踏斜阳"的盛夏。

(一)你是说萧丞相的女儿是狐精吗?

萧冉从树上跳下来,发带飞扬,跃在司慕南面前,一拍他脑袋:

"小结巴,怎么来得这么晚,磨磨蹭蹭的,快,把甘蔗拿出来,今天教你连云十三式!"

司慕南不乐意了,慢吞吞地从背后掏出两根水汪汪的甘蔗,仰头撇嘴:"不……不是说好,不叫我小结巴嘛……"

萧冉随手接过一根啃起来,另一根照旧一敲司慕南的脑袋:"好啦好啦,不叫就是了,啰唆。"

他比司慕南高出半个头,树下舞剑,哦不,树下舞甘蔗的身影潇洒飘逸,已初具翩翩少年郎的风姿,让坐在一旁,撑着下巴仰望他的司慕南颇有些自惭形秽。

但司慕南很快调整过来,在看完萧冉的连云十三式后,对着满头细汗的他开口道:"我今天看到一个和你长得一模一样的人。"

萧冉正抹了汗,低头咬甘蔗,闻言一愣,抬首望去,只见司慕南一本正经:

"不过,她是个女的。"

他撑着下巴,自顾自地说着:"我其实已经看到她很多次了,但我知道,你们是两个人。"

他盯着萧冉手中滴汁的甘蔗,眨了眨眼:"因为除了长得一模一样外,你们其他都不一样,我能分出来。"

有风掠过长空,许久,萧冉肃然起敬,为才九岁就有分辨能力的司慕南竖起拇指:"好徒儿,有眼光,不枉为师教你一场!"

他咬了口甘蔗,席地而坐:"你看到的那个多半是山野狐精,见本少侠生得妙,便画了皮东施效颦,可惜再像也不是正主。"

他说着哈哈大笑,司慕南却没有笑,而是定定望着他,一字一句地说:"你是说萧丞相的女儿是狐精吗?"

(二)小结巴,拜我为师吧

遇见萧冉那天,司慕南只是想出来散散心。

他是个太子,一个结巴、瘦小、弱不禁风的太子。

也不是完全结巴,只是着急起来就会说不清话,像足了他的母亲,皇后秦氏的小时候。

所以为了保持太子的威严,他很少说话,久而久之就落下了一个沉默寡言的形象。

宫中私下多有议论,不外乎是些"太子不及昭帝万分之一"的话,他听多了也就没觉什么,只是在不小心听到那番叹息后,躲在暗处仍不免有些难过。

发出叹息的是南齐除却皇上以外地位最高的两个人,萧丞相与兰国师。

此番出宫,他们也随帝后一同来到这座避暑山庄小住。

亭中对坐,他们把酒间忧心忡忡:"太子木讷成这样,将来恐怕继承大统都有问题……"

"是啊，文不成武不就，秀气得像个小姑娘，未有一丝男儿该有的阳刚之气，只盼望年长一些会好点儿……"

后面的话司慕南就没听了，他默默地走开了，不是为自己难过，而是为南齐，为他的父皇母后难过。

他们应该有个更聪明的孩子，有个更优秀的太子。

带着这样沉重的念头，他走在避暑山庄里，不觉间竟来到一处荒芜的后山。

一抬头，便看见树上坐了个人，他发带飞扬，拿着一根甘蔗正吃得欢快。

司慕南从没见过这人，他与他年龄相仿，低头间也发现了他，两人四目相对，他正要开口时，那人却忽然大喝一声，从树上一跃而下，拿着甘蔗直朝他扑来——

"畜生找死！"

风掠耳畔，司慕南下意识地就闭上了眼，预料中的"甘蔗爆头"却没有来，他只听到脚边一响，睁开眼这才发现，不知何时爬来的一条毒蛇，已被甘蔗打成了两截。

方才一切都发生在电光石火间，若是少年晚跃下一步，恐怕那毒牙就要咬在他腿上了。

他救了他一命，司慕南怔怔眨眼，望向比他高出半个头的少年，背上已有冷汗流出。

少年却两眼一瞪："都怪你，好端端浪费我一根甘蔗，快给我赔来，听见没有？"

对着碎成一地渣的甘蔗，少年痛心疾首，司慕南始料未及，一开口话又说不清了："可……可是，我……我并没有叫你救我……"

磕磕巴巴的话还未完，少年已经瞪大眼，恍然间大笑起来："原来,原来你是个结巴呀!"

从来没有人敢这样笑过司慕南,即使他真的是个结巴,他就那样看着少年叉腰大笑,直笑了好一会儿才停下来,停下来却又一拍他脑袋,以老大对小弟的口吻道:"喂,小结巴,拜我为师吧,每天过来给我送两根甘蔗,我就教你武功防身,怎么样?"

(三)我一共吃了你四十八根甘蔗,我就是你一辈子的师父

在队伍即将启程回宫的时候,司慕南才知道了萧冉的真正身份。

他双手被捆在马车后面,腰间别着一根甘蔗,脸上笑嘻嘻的,仿佛并不觉得自己闯祸惹事,在众目睽睽之下受罚有多丢人。

倒是马车里有只纤纤玉手掀开车帘,探出一张同他长得一模一样的脸,是萧丞相的大女儿萧清,她一声叹声:

"二弟,莫犟了,路途遥远,松口乖乖向父亲认个错,上车来吧。"

这不肯向司慕南透露名姓的"甘蔗师父",居然是萧丞相家的二公子,难怪会无缘无故出现在后山,当下他依旧笑得三分洒脱,七分无赖:"大小姐,管好你自己就行了,你二弟身子骨硬朗得很,风吹雨淋都不怕,可不像某些人,养在深闺跟娇花似的,只会作几首诗扮乖巧,说些好话讨父亲欢心。"

火药味十足的一番话把萧清说得脸色都白下去几分,而前方马车里默默回头,一直注视着这边状况的司慕南,耳边却不由地回响起后山树下,萧冉席地而坐啃甘蔗时,对他哼哼的话:"你看到的那个多半是山野狐精,见本少侠生得妙,便画了皮东施效颦,可惜再像也不是正主。"

他眨了眨眼,忽然之间,仿佛明白了什么。

却是不远处马上的萧丞相上前来,抽过萧冉腰间的那根甘蔗,狠

狠一下就拍在了他身上。

"你姐姐一片好心，你就这么不识抬举吗？"

那一下极重，萧冉额上的冷汗都出来了，却依旧笑得浑不在意，仿佛不是打在自己身上似的，连司慕南听了都觉得疼，更别说他还认出了那根甘蔗是自己"孝敬"的。

而气得不轻的萧丞相又打了两下，冲前头探出脑袋的萧清道："清儿莫管他，好生坐你的车，让他吃点儿苦头，简直无法无天了！"

从头到尾被打的萧冉都没吭声，除却几声闷哼外，却在这时阴阳怪调地顶了句："那是，天塌下来都还有您顶着，做孩儿的自然就无法无天了。"

他一开口，司慕南就知道不好，果然，萧丞相更加怒不可遏，高高扬起那根甘蔗。就要打下去时，他心跳如雷，不知怎么回事，居然鬼使神差地喊了声："萧相。"

这一喊，两边目光交会，天地间像静止了一般。

司慕南与萧冉遥遥对望，第一次以不是在后山的情况下碰面，司慕南明显看见萧冉眼睛一亮，那声"小结巴"生生卡在了喉咙里。

说来也是奇妙，不知出于何种缘故，许是怕萧冉闯祸，萧丞相并不许他出现在帝后面前，是故每到群臣列宴时，他总是一个人跑去后山，自个儿玩自个儿的，却没想到有一天会遇到司慕南。

两个君不识臣，臣不识君的半大孩子，就这样稀里糊涂厮混成了一对"师徒"。

如今司慕南情急之下喊出那声"萧相"，待人上前询问时，倒也编得像模像样："车里坐久了，头有些晕，左右父皇母后也在兰国师的护送下先行回宫了，咱们这一队就别太急了，沿途风光可喜，不如让车队停下来原地休息吧。"

这是他第一次在萧丞相面前说出这么长的一串话,而且没结巴,叫萧丞相都瞪大了眼,甚是吃惊,可天知道,他藏在下面的手心攥得都是汗了。

虽然给萧丞相留下了一个"太子不仅木讷,还略娇弱"的印象,但当休息时,萧冉拖着长长的绳子,趁人不注意凑到马车前与他说话时,司慕南还是觉得,这桩"鬼使神差"做得挺划算的。

"原来你就是我爹常挂在嘴边的那个结巴太子啊,我早该想到的,毕竟男生女相,胆子小,又结巴的人实在不多……"

萧冉说得正兴起时,注意到司慕南嘴角的笑容略僵,赶紧反手抽了自己一嘴巴,笑嘻嘻地弥补:"那个,好徒儿,够意思,多谢了!"

又说了些乱七八糟的话后,当队伍再次启程时,萧冉正欲悄悄撤走,却忽然被司慕南一声叫住:"甘蔗打得疼吗?你……还会教我武功吗?"

坐在马车里的小小孩童眼眸漆黑,望得萧冉一愣,阳光下四目相对,半天没说话。

直到有人开始起身走近,萧冉才快速上前拍了一下司慕南的脑袋:"还是第一次有人问我疼不疼呢,你这小鬼头倒是有情有义!"

他吸吸鼻子,左右张望下,趁最后一点儿时间回头眨眼:"放心,好徒儿,我一共吃了你四十八根甘蔗,我就是你一辈子的师父,你等着,我总有一天会去找你的!"

(四)两只手在月下一击掌,氤氲了心跳

兰国师有副星算盘,擅算天机,很多年前萧丞相家一对龙凤胎降生时,他便算出,其中一者命格为文曲星,一者命格为武曲星,一文一武,注定是要辅佐将来的君王,振兴南齐江山的。

而这个"将来的君王",指的不是别人,正是当朝太子司慕南。

所以当日那个"师徒约定"在两年后得以兑现,司慕南在大殿中再次见到了萧冉,同姐姐萧清一起被父亲带入宫的萧冉——

一文一武,他们从今日起,便是他的两位师父了。

看着跪在萧丞相旁都不安分,时常抬头冲他挤眉弄眼的萧冉,座上的司慕南终于忍不住笑出声来,这一笑就被身旁的母后瞪了一眼,他赶紧咳嗽两声,正襟危坐。

这一年的盛夏,有蝉鸣,有烈日,有和风,司慕南还多了两位师父的教导。

萧清为文,教他琴棋书画,智谋良策;萧冉为武,教他刀枪棍棒,骑马猎射。

两位师父除了长得一模一样外,性情爱好全然不同,也带给了司慕南水与火般夹杂的奇妙体验。

往往上午他才从萧清那儿抚琴出来,谨记修身养性之功课,下午就被萧冉带着满马场乱跑,心脏都要飞出来了。

萧清与萧冉的关系并不好,这是才十来岁的司慕南都能得出的认识,但他从不会去问,除非萧冉主动告诉他些什么。

比如几年后的一个深夜,萧冉拉着他在屋顶上看星星,抱着酒坛喝得有些醉了,忽然扭头对他道:"其实,我原本不想当你师父的。"

夜风迎面袭来,他眨了眨眼,只在萧冉漆黑的瞳孔里,看见了已初长成少年的自己。

他没有开口问为什么,而是听醉得满脸红晕的萧冉自己道:"他们说我是武曲星的命,注定要给当朝太子做师父的,所以从小我就得起早贪黑地练武功,风吹日晒都不能喊一声累……"

"可萧清多幸运,她是文曲星的命,生来娇花一朵,养在深闺,只需写几幅字,作几首诗,就能得到父亲的夸赞与疼爱,而我呢,即使武功练得再好,招式耍得再漂亮,也难得见父亲对我笑一笑……

"我们明明长得一模一样,可从来就没有公平过,她有的,我通通都没有,除了一样东西,你知道是什么吗?"

说到这儿,萧冉扭头望向司慕南,一双醉眼笑得贼兮兮的:"她居然不能碰甘蔗,一吃就会上吐下泻,浑身长红疹!哈哈,太逗了,从那天以后,我再也没有吃过比甘蔗还好吃的东西了!又能吃又能打,重要的是,它只属于我,是我独一无二的武器,我后来才不在乎父亲笑不笑了呢,我有甘蔗了,才不在乎他了……"

翻来覆去的几句"不在乎",醉醺醺地飘在夜风中,叫司慕南听得心头酸楚,更是隐隐明白了萧冉为何原本不愿做他的师父。

因武曲星的命格而遭受了那么多不公,任是谁也不会甘心接受,总会在极度的压抑中产生逆反的念头吧?

是的,当年的萧冉就是抱着这样的念头,在山庄被父亲勒令不许出席时,一个人愤愤跑到后山,遇到傻傻的司慕南,说要给他做师父。

既是一时兴起,更是万般赌气。

他们要他以后教太子,他偏不,他就是要擅作主张,随随便便地给一个小毛孩当师父。

"可是还真巧,我撞来撞去居然还是撞上了你,兰国师果然有两把刷子,星算盘上命定的轨道,是我的,躲也躲不过……"

长长叹息的语气中,萧冉打了个酒嗝,冲司慕南嘿嘿一笑:"还好小徒儿识趣,省去我和老头儿争吵的许多麻烦,不然还真未必老老实实进宫做这个师父……"

他说着顺势在司慕南脸颊上捏了几下,捏得司慕南各种龇牙咧嘴,司慕南最终却按住他,忽然冒出一句:"会一辈子吗?"

他定定望着他,星空下四目相对,有风掠过,一字一句:"一辈子做我师父?"

萧冉愣住了,好半天,伸手摸向腰间,醉眼迷离中,扑哧笑开:"能陪我一辈子的……估计只有甘蔗。"

司慕南面不改色:"比起甘蔗,能陪你在这儿喝酒闲聊的徒儿不是更知冷暖?"

经过萧清多年的一番教诲,他伶牙俐齿多了,再不是小时候那个结巴太子了。

夜色下,萧冉望了他许久,终是哈哈大笑:"行,那就一辈子,说好了,谁也不许变!"

两只手在月下一击掌,氤氲了心跳,震碎了满天繁星。

(五)世间千般万般求不得,你何必执着?

承平十五年,皇后秦氏开始为司慕南选太子妃。

但司慕南却常常和萧冉厮混在一起,他们去骑马、去练枪、去射箭,看落日西沉,晚霞无边……风中望向彼此的眼神心照不宣,只为曾击掌共同立下的那个约定。

都说好了一辈子相伴不离,还要什么太子妃?

每每不知醉倒在皇宫哪个角落,都是萧清提着灯笼寻到他们,不动声色地为他们隐瞒遮掩下来。

但到底有风言风语开始传出,在秦氏与萧丞相各自都察觉到什么时,司慕南被请去进行了一场漫长的谈话。

出来时有冷风迎面扑来,空中落下三三两两的雪粒,不知不觉间,竟然已经是初冬了,难怪会觉得冷呢。

太子妃人选很快定了下来，不是别人，正是有南齐第一才女之名的萧清。

萧家一片欢天喜地，萧冉连夜进了宫，找到在凉亭独自饮酒的司慕南。

当他难以置信地再三求证后，终于颤抖着手，大声开口道："为什么？"

"我明明比她先认识你，你一身武功还是我教的，你说好要当我一辈子的徒儿，一起学到老，玩到老，你为什么要骗我？"

司慕南握着酒壶，唇边含笑，清俊的脸颊泛着红晕，静静听完了萧冉的质问，头一抬，一指他腰间别着的甘蔗，笑得醉眼蒙眬："你不是有它了吗？"

一句话如冷水浇头，萧冉半天没缓过神来，过了好久才像找到自己的声音："你喜欢她什么？那张脸吗？"

他眸中已有泪光闪烁，语调从未有过地发颤："我也有啊，为什么不是别人，偏偏是她呢？"

他这辈子从来没有赢过她，原以为除了甘蔗外，好不容易还能多一个永远相伴不弃的小徒儿，原来说好的"一辈子"那么短，却眨眼就到头了，而抢去的竟还是她……

月下亭中，司慕南始终含着笑，星子落入他眸中，碎成一片微光，他忽然对萧冉道："阿冉，我给你变个戏法吧。"

这是他第一次没叫他师父，而叫他阿冉。

鹅毛般的雪花落入手心，他轻轻盖住，问："阿冉，你猜有什么？"

萧冉与司慕南比肩站在亭外，头顶星空，脚踏雪地，他闷闷回答道："总之不会是甘蔗。"

司慕南哈哈大笑，两只合住的手一用力，在萧冉眼前打开，答案揭晓:"你看,什么都没有,我把雪花变走了。"

多无聊的把戏,雪融成了水,从指缝间流去,什么都不会有,一如浩浩天地间,没有光没有希望没有尽头,除了白茫茫的一片,什么都没有了。

司慕南对萧冉说的最后一句话是:"阿冉,世间千般万般求不得,你何必执着?"

风掠四野,萧冉在那一瞬间,脸色尽白。

第二年春暖花开,萧清以准太子妃的身份搬入了东宫,不日完婚,而萧冉则怀揣一根甘蔗上了战场,归期不定。

萧家一文一武两颗星辰,开始各散光芒,在属于自己的地方发挥着最大的作用。

婚期前一月,萧冉从边关被召回,在大殿与昭帝商讨战事出来后,竟不防在御花园里遇见了司慕南与萧清。

他为她摘下一朵花,她接过别在耳后,柔声问他:"好看吗?"

这画面极美,却让萧冉觉得极刺眼,他深吸口气,还来不及避开,对面说笑的两人已抬起头,同时望见了他。

那一瞬,空气仿佛都凝固了。

萧冉握剑的手心在颤抖,他第一次后悔进宫太急,连身上的铠甲都没有换下,也至少应该梳洗一番,才不至于在如今这照得人无所遁形的阳光下,显得那般窘迫与无措。

依旧是同样的面容,他却饱经风霜,铠甲下的身体伤痕累累,花与剑,光与夜,这悬殊的对比自小到大都是这么残酷。

在眼眶里那点儿藏不住的热流就要涌出前,萧冉赶紧跪下,大声开口道:"见过殿下。"

雪地一别,不过半年,恍如隔世。

依稀记得那时的他仿若天塌,冲动又绝望,他是争取过的,但在挨了父亲一顿鲜血淋漓的鞭笞后,他就被送往了战场。

从此天各一方,从此杳无音讯,他想,他约莫是认命了,不是认了兰国师为他算的武曲星命,而是认了他与他求不得,不得求的命。

所以如今再度相逢,他极力将所有情绪都收敛下去了,自始自终连头都不曾抬过。

他们问他,他便如实开口,一字一句都极清晰:"怕是没福分喝这杯喜酒了,战事告急,下臣即刻便将返回边关,唯祝太子与太子妃大婚顺利,白头偕老。"

(六)她的人生,从此面目全非,再不能回头

许是萧冉的祝福心不诚,大婚没有顺利完成,这杯喜酒也谁都没能喝成——

边关战况紧急,敌方连破数城,昭帝决定御驾亲征,而原本都要做新娘的萧清也跟随上了战场,只因敌方擅设妖诡阵法,而她精通奇门遁甲之术,可能是南齐唯一能破解那些阵法的人了。

萧冉做梦也没有想到,有朝一日能与萧清并肩作战。

一文一武,过往多少嫌隙都在这个关头尽数泯去,在战场上,他们就只是配合默契的搭档,是生死与共的同袍,是解救苍生于水火中的文武曲星。

有了萧清的加入,战势果然扭转,她接连破了敌方数个阵法,乘胜直击,捷报频传,叫千里之外坐镇皇城等待的司慕南安心不少。

但是,在队伍班师回朝的途中,意外发生了,巨大的爆炸声响连皇宫的那片天都震了震。

是敌方战败后不甘心派出的死士,在皇城外的必经之路上埋伏,设下了一个同归于尽的死阵,连萧清都猝不及防地着了道,根本来不

及解开。

"轰隆"一声,方圆百里瞬间夷为平地,焦尸难辨。

当司慕南率人赶来时,只看见一道身影失魂落魄地坐在废墟间,眼神直勾勾地望着前方那片已烧焦的树林。

那一瞬,他浑身剧颤,几乎是从马上翻下,踉跄上前,一把抱住那人,泪水夺眶而出。

幸存的将士们三三两两地围上来,泣声不止地唤"殿下",而那个被司慕南紧紧搂着的人,也像终于回过神来,眨眨眼,推了推他。

那人满身血污,在风中嘶哑开口:"殿下。"

她说:"陛下与二弟走在前头,他们的人马……都葬身在那片林子里了。"

语调里含了哭腔,正是幸存下来的萧清,即使血污染面,也被司慕南一眼认出。

话一出,司慕南的身子便一震,双手颤抖着不能自持,但随即他却将萧清搂得更紧,紧闭的双眼淌下汹涌的泪水,混着萧清衣上的鲜血,触目惊心。

东宫里,将所有婢女都支下去后,萧清浸在雾气缭绕的浴桶中,总算能从梦魇里挣脱出几分。

她捧着热水捂住脸,耳边仿佛还是那声巨大的轰隆,紧咬的双唇漫出鲜血,她哭得压抑而昏天暗地。

人一点点沉下去,脑海中的画面也愈发清晰,最后的最后,一片混乱中,是那只擅奇门遁甲之术的手将她推了出去,她哭得撕心裂肺:"姐姐!"

大火里却只传来一声被吞噬的"好好活下去"。

"轰隆"一声,记忆戛然而止,碎成无数片。

浴桶深处的萧冉,直到这时,才终于能够以自己的身份,呜咽着喊出:"姐姐,姐姐……"

是的,她不是萧清,她是在生死关头被姐姐推了一把,幸存下来的萧冉。

一场从天而降的劫难,不仅让她失去了唯一的双胞胎姐姐,也让她的人生,从此面目全非,再不能回头。

(七)那一瞬,她就知道,她赌对了

很多年前,萧家降生的不是一对龙凤胎,而是一对姐妹花。

萧冉从小就不能理解,为什么父亲一定要她扮作男儿,宁死也不准她揭露女儿身,难道就因为她是武曲星的命格?就因为她注定要为皇室为南齐奉献一生吗?

她承认,她的父亲为相忠心耿耿,对国家百姓太无私,但对她,真是太自私了。

一样的容貌,一样的女儿身,她同姐姐的命运却是天差地别。

从小到大她要吃上比姐姐多十倍的苦头,才能换来父亲的一句夸赞,父亲总是对她更加严格,更加苛刻,把她当成真正的男儿来教导。

但她毕竟是个女孩,父亲从不知道,她也会疼,也会累,也会想要漂亮裙子,也会想要大哭一场。

命运多么不公,姐姐抢走了她一切的东西,包括明明她先遇上的司慕南。

剜心之痛有多残忍只有她才知晓,边关的多少个苦寒之夜,她死死咬住唇齿,泪湿枕巾。

曾经一度她对姐姐恨入骨髓,但那些恨在后来她们并肩作战的日子里,渐渐消散,直到爆炸的阵法中,姐姐将她推出去的那一刻,她才知道——

曾经那些恨有多深，实际上她骨髓里流淌着对姐姐的爱就有多深。

她不是有意冒充姐姐的，而是在司慕南掠马而下，冲过来抱住她的那一刻，她感受到了他剧烈跳动的心脏。

他将她认作了萧清，认作了他深爱着的萧清，他在她的肩头喜极而泣。

回过神的她，在将士们围过来的那一瞬就明白了，真相将永远埋入黄土。

她不敢让他知道姐姐已死去，不忍他天崩地裂，余生失去挚爱，孤独终老，更害怕即将为新帝的他一蹶不振，置南齐江山于水火中……

那一瞬，她有太多的想法，太多的顾虑，她终是鬼使神差地开口："陛下与二弟走在前头，他们的人马……都葬身在那片林子里了。"

果然，在她说完后，那双搂住她的手变得更紧了，泪水汹涌落入她的脖颈儿，那是一种失而复得的后怕与……不幸中深深的万幸。

万幸活下来的是她，是"萧清"，是必将母仪天下的"萧清"。

那一瞬，她就知道，她赌对了。

文以治国，武以安邦，能守疆打仗的将军还有很多，但能母仪天下，长伴君王左右的贤后却只有一个，若定要陨落一颗星辰，必当是武曲星——

萧冉死了没什么，但萧清却万万不能死。

实际上，她也宁愿活下来的是姐姐，而不是自己。

所以，从这天起，她成了"萧清"，成了一辈子的"萧清"。

（八）风掠四野，衣袂飞扬，泪水落在酒中，荡漾开去

许是老天爷也想帮一帮萧冉，宫中有处药泉，能去腐生肌，萧冉以养伤之名在里面待了两个月，身上的疤痕旧伤尽数褪去，整个人"脱胎换骨"，恍如新生。

再也没有什么能将她识穿，当披上鲜红的嫁衣，一低眉一垂眼都仿极萧清后，连扶她上轿的父亲萧丞相都没能认出来。

那一刻，锣鼓喧天，她说不清是欢喜……还是悲凉。

承平十九年，太子司慕南登基为帝，册封萧氏长女萧清为后，帝后情意甚笃，同心协力将南齐带上了一个新的辉煌。

只是太平盛世下，谁也不会知道，荣耀与光芒是属于萧清的，而午夜梦回时的孤冷才是属于萧冉的。

她收敛本性，在后宫里做个人人称颂的"贤后"，一做就做了好多年。

司慕南是极爱她的，或者说，是极爱萧清的。

但长长的岁月里，有那么一时半会，她总是分不清他投向自己的漆黑眸光里，映的究竟是萧清，还是萧冉。

并非她奢望，而是与他朝夕相处间，她发现了太多细枝末节，太多他怀念死去"萧冉"的细枝末节——

他会在从前那座凉亭里赏雪，一坐就是好久。

他会叫宫人打扮成游侠少年模样，陪他蹴鞠赛马，玩着过去同"萧冉"玩过的游戏。

他甚至会命人将每年最新鲜的甘蔗给她送去，总要得到她一句"陛下难道忘了？臣妾是不能吃甘蔗的"，他才会慢慢"哦"一声，怅然若失。

……

太多的细节叫萧冉不得不怀疑，或许，司慕南也是爱过"他"

的,爱过那个幼年相遇,怀揣甘蔗,却求而不得的"他"。

只因"他"为男儿身,他才将目光投在与"他"模样相同的姐姐身上。

这样的念头一旦冒出,简直如春蚕抽丝般疯狂滋长,即使荒唐却也如烈烈火光,叫早已身化飞蛾的萧冉一刻也忍不住地想要扑上去。

毕竟一辈子伪装成另一个人太苦了,如果有可能,做回自己何尝不好?

而她更想确定的,是他的心意。

所以在又一年甘蔗送来时,她终于鼓足勇气找到他,试探问出:"是否陛下真正所爱……是二弟?"

那时他正在亭中饮酒,繁星入眸,衬着一片碎光,望了她许久,却笑了:"怎么可能?他明明是个男人,皇后说笑了。"

月下萧冉并不死心,咬紧唇,又加了一句:"那若二弟也和臣妾一般,是个女儿身呢?"

顿了顿,她眼里有波光涌起:"陛下会选谁?"

她没饮酒却也像醉荒唐了般,简直是孤注一掷地问了出来。

"自然是……"他仰头,对她笑,喷出慵懒的酒气,"皇后你了。"

他说:"朕心中,从头到尾,从始至终,从幼年拜师到如今共枕,通通都只有皇后一个人。"

酡红的脸颊笑着,慢慢倒了下去,终是一醉不醒。

而无边夜色中,萧冉不知站了多久,才眨眨眼,木偶般上前,拿起桌上歪倒的酒壶,仰头一饮而尽。

风掠四野,衣袂飞扬,泪水落在酒中,荡漾开去。

那一瞬,萧冉终于死心。

她想,漫漫余生,她只可能是南齐贤后"萧清"了。

（九）她是为了爱他，他是为了保她，殊途却同归

不知是经年饮酒，还是操劳国事，当南齐日渐繁盛时，司慕南的身体也在一日日垮下去。

这一年，他才三十九岁，却已有了白发，眼神更是沧桑如老者。

萧冉想了无数办法也留不住他的脚步，在初冬第一场雪降临时，他写下遗诏传位于他们的孩子，终是至弥留之际。

他们相拥在亭中，看了最后一场雪。

宫人们站得远远的，天地间白茫茫的一片，仿佛只剩下他们两人。

"陛下。"她贴在他耳边，温柔唤他，却怔怔落下泪来，"臣妾告诉你一个秘密好不好？"

埋在她心底多少年的秘密，前半生怀揣甘蔗，金戈铁马；后半生留在深宫，却再不曾碰过甘蔗了。

她为他打江山，开盛世，脱胎换骨，母仪天下，临了能否做一回萧冉？

风雪呼啸，司慕南迷迷糊糊地睁开眼，望着满脸泪痕的萧冉笑了："正巧，朕也有个秘密想告诉皇后。"

四目相对间，他们一点点扣紧十指，齐齐笑了。

秘密要从哪里说起呢？

就从少年时期他们醉倒的那个屋顶上说起吧，星空下击掌而立的约定，在她抱着酒坛睡去后许久，他仍兴奋难眠。

他轻手轻脚地起身，借着月光细细端详她，却在为她小心翼翼地拿开酒坛时，不小心将酒水洒在了她胸前，手忙脚乱擦拭间，他身子却蓦然僵住了——

这是他知道的第一个秘密。

此后那段时光他快乐得想要飞,不理选妃事宜,与她纵情玩乐,最后一丝顾虑也没有了。

虽然不知她为何隐瞒,但他只想等到她亲口告诉他的一天。

但谁知道,他没能等来她的相告,倒等来了第二个秘密。

紧闭的大殿中,他被叫去谈话,彼时皇后秦氏忧心选妃一事,托兰国师与萧丞相对他进行劝说,他却不小心在窗下听到了他们二人的对话。

无论如何也想不到的内情,他总算知道了为何萧丞相要将萧冉当作男儿来教养,那是就连萧冉自己都蒙在鼓里的真相。

萧家一对双生花被瞒天过海成一对龙凤胎,只是因为降生时兰国师的星算盘上,不仅算出了姐妹俩文武曲星的命格,还算出了萧家必有一女为后,而那个人,绝不能是萧冉——

因为她武曲星之命极硬,恰与司慕南的帝星相克,呈此盛彼衰之势,为臣可为他守疆护国,为后却只会将他克死。

当初得知这一结论时,萧丞相是做过挣扎的,他忠心耿耿,按理说他应当亲手掐死自己这个小女儿,确保万无一失。

但他到底下不了手,多年好友兰国师也叹息不忍,最终他们对视许久,到底是兰国师心生一计。

他说:"萧相且记,你只有一对龙凤胎,没有两个女儿,听清楚了吗?"

如果从一开始萧冉就是"男儿",那么便能杜绝她此生为后的可能,也不需要再痛苦做出抉择了。

就这样,萧家一对"龙凤胎",一文一武,开始了各自截然不同的命运。

萧冉永不会知,父亲对她的百般严格,千般苛刻中,是隐藏了多么深沉的爱，为了保住她，又是费了多少苦心。

但事情的演变却超出了所有人的预料，窗下，司慕南听得清清楚楚——

"若劝不住殿下，真到一发不可收拾的地步，国师放心，吾必当……"

一生忠耿的萧丞相闭上眼，沉痛到一字一句："亲手了结吾儿。"

那一瞬，窗下的司慕南心头大恸，浑身颤抖着泪流不止。

从此他便知，他此生与萧冉……再无可能了。

而第三个秘密的到来，却是在几年后的那场意外爆炸中。

司慕南从马上掠下，跄踉上前，一把抱住了他一眼就认出来的萧冉。

无论何时何地，他总能将她一眼认出，更是将她与萧清分得明明白白，就像九岁那年在后山对她说的："因为除了长得一模一样外，你们其他都不一样，我能分出来。"

但很快，他就知道她误会了，因为她对他道："陛下与二弟走在前头，他们的人马……都葬身在那片林子里了。"

他一愣，紧接着却是将她搂得更紧，泪水汹涌不止。

她所有的顾虑心思他了然若揭，但他却愿意将错就错，既是为了保住幸而活下的她，更是为了老天爷这份好不容易的成全。

从那天起，他便看着她成为"萧清"，成为他的皇后。

他开始饮酒，操劳国事，身子一日日垮下去，旁人只会以为是他没有节制好，不会联想到她身上去，就连聪明一世的兰国师与萧丞相都被他骗了，永不会知道此盛彼衰，冥冥中还是她克死了他。

但他多开心，有她相伴的那些有限岁月，是他从前想都不敢想的。

而他又多怀念,怀念记忆深处,那个手舞甘蔗,永远神采飞扬的少年。

除此之外更多的是心疼,心疼那个伪装成"萧清"的"萧冉",余生连看都不看一眼甘蔗了。

他年年送去,她年年婉拒,克制得一丝不漏,却也更叫他……心疼。

但他不会说,因为他知道,她是对的,她漫漫余生只能是萧清。

她为了爱他,他为了保她,殊途却同归。

所以当她察觉到细枝末节,鼓起勇气来问他时,他眯着醉眼,只对她道:"怎么可能?他明明是个男人,皇后说笑了。"

这句话把她的心打入谷底,但除此之外,他后面说的每一句话都不是在骗她——

朕心中,从头到尾,从始至终,从幼年拜师到如今共枕,通通都只有皇后一个人。

他的皇后,是全天下人的萧清,却只是他一人的萧冉。

他表明了心意,却是天知,地知,月知,风知,而她,永不会知。

(十)从幼年到如今,唯爱皇后一人

风雪呼啸,亭中暖烟缭绕,相拥的两人做着最后的话别。

"臣妾那个秘密就是……"萧冉贴在司慕南耳边,泪水滑过嘴角,"陛下永远想象不到,臣妾有多么多么爱你,从幼年到如今,只爱过陛下一人。"

司慕南点点头,眸中水雾弥漫,他也凑到萧冉耳畔,学着她的样子,含笑在雪花纷飞中说了最后一句——
"可是巧了,朕的秘密也与皇后一样,从幼年到如今,唯爱皇后一人。"

蟋梦人生

他就像个混世小魔王,一个可恨可气,又……可怜的小魔王。

她做过太多梦,这一次却仍旧不是终点。他的梦还很长,她的梦却该醒了。

（一）

川城有三霸：宋家，宋家二少爷，宋家二少爷养的蟋蟀。

宋家财大气粗，江南首富，牛！

二少爷彪悍勇猛，生性爱玩，刁！

二少爷养的蟋蟀，战无不胜，大杀四方，狠！

宋衡九岁与蟋蟀结缘，一只眼睛走街串巷地与人斗蟋蟀，几年下来，战遍川城无敌手，人称"独眼蟋王"。

赢钱赢名声不在话下，十三岁那年，宋衡还赢了个"童养媳"回来。

少女叫顾华棠，生得眉清目秀，奈何大哥丧心病狂，斗蟋蟀斗得倾家荡产，最后竟将主意打到幼妹身上，将她都输了出去。

宋衡遇见顾华棠时，她正被人在大街上拖着走，寒冬腊月的，她穿得单薄，身子也单薄，不住挣扎着，秀气的一张脸苍白如雪。

那赢了的金老板满面春风，提着装蟋蟀的笼子，一路夸耀，引得行人议论纷纷，啧啧同情。

许是顾华棠生得秀气，又许是她眼里一点儿泪光触动了宋衡的心，宋衡不知怎的，鬼使神差地就开了口："金老板的'大将军'的确厉害,不如和我的'小哪吒'比比如何?"

一声高喝,所有人的目光齐刷刷地向他望去,包括漫天风雪下少女那含了水雾的一双黑眸。

那是场引起不小轰动的赌注,川城两个"蟋王"终于正面交锋,在金老板的激将下,除了钱财,宋衡还豪气地赌上了自己另外一只眼睛。

满场都惊呆了,更别说身为赌注之一的顾华棠,唯独宋衡一转头,冲着她灿烂一笑:"喂,你叫顾华棠是吗?你可得记住我,赢了你就是我的小媳妇了,万一要是输了,我还得趁现在多看几眼才不吃亏。"

顾华棠一怔,雪白的面皮上立刻红了一片,满场大笑,她低下头,露出一截冻伤的脖颈儿。

赌局开始得惊心动魄,相斗得酣畅淋漓,结束时却是干脆利落,宋衡一拱手,满面春风:"金老板,承让承让。"

那大概是顾华棠永不会忘记的一幕,当灰头土脸的金老板和其他人散去后,宋衡提着蟋蟀笼走到她面前,笑眯眯地向角落里的她伸出手:"喂,顾华棠,跟我回家。"

他披着一件红狐裘衣,眨着一只眼睛,像一只神采飞扬的小狐狸,语气是那般理所当然,理所当然到身后是飘飞的雪花,他脸上的笑容却明媚如春花,仿佛照进室内的一道光,深深地映入了顾华棠漆黑的瞳孔中。

"我没瞎,以后还能天天看见你,多划得来的买卖,你说是不是?"

（二）

将顾华棠带回去后，宋衡做的第一件事就是替她上药。

少女的后背冻坏了一大片，都延伸到脖颈儿和耳后，宋衡看得连声啧啧，上好的冻伤药毫不吝啬地抹上去。

风拍窗棂，满室暖烟缭绕，上药的过程中，顾华棠几番欲言又止，最终还是问了出来。

"你……那只眼，也是赌掉的吗？"

她指的是宋衡被黑罩遮住的另一只眼，明明极俊秀的少年，却偏偏成了"独眼龙"，想想都觉得惋惜，谁知宋衡却一口否认了。

"才不是呢！"

像是不愿多谈，他低下头，只一边上药一边道："我是蟋王，又不是赌徒，这般为人豪赌还是头一次。"

这回轮到顾华棠愣住了，长长的睫毛颤了颤，好半天才轻轻开口道："那……为什么？"

为什么要救她？要为她……豪赌？

"那你又为什么要跟我回来？不怕我是坏人吗？"

宋衡想也不想就反问道，抬眼间微扬了嘴角，又露出了狐狸笑。

顾华棠摇摇头，嗫嚅着："因为你生得好看……"

她还从来没有见过哪个坏人能生得这般好看。

宋衡好看，是当真好看，即使遮了一只眼，嘴角噙着懒洋洋的笑，却只要提着蟋蟀笼往那儿一站，也觉得跟一尊玉人似的，皎皎如月，漂亮得不像话。

顾华棠一本正经的回答叫宋衡哈哈大笑，伸指一弹她的额头："傻丫头，谁说长得好看就一定不是坏人？你经历的人和事也未必太少了。"

老气横秋的口气实在不符合年龄与身份，说得仿佛自己就经历了多少一般,彼时顾华棠不懂,只愣愣地望着宋衡,却觉得他眼里那片雪忽然间染了莫名的凄色。

顾华棠本以为所谓的"童养媳"只是宋衡随口说说罢了,却没想到他竟真要将她留在宋府,还计划得有板有眼,等到她及笄,他们就正式成亲。

她这边还在惊愕,宋衡那边就已经安排开了,不仅到顾家把她的东西一股脑儿搬到宋府,还命人往房里加了张床,中间拉道屏风隔开,让她和他住在一块儿,夜里陪他说说话。

当夜,外头风雪交加,顾华棠在床上辗转反侧,根本无心听屏风那边宋衡的喋喋不休,直到屏风被人一把拉开,宋衡赤着脚散着发站到了她面前,满脸怒容。

"你为什么不说话?你真的嫌我是'独眼龙'吗?"

顾华棠一怔,抬眼只望到少年眸底的泪光,还不及回答,宋衡却狠狠一抹眼,凶巴巴地道:"怎么?让你待在我宋家你很委屈吗?让你跟我宋衡你很不情愿吗?别忘了,你是我斗蟋蟀赢回来的,我让你怎么样你就得怎么样!"

简直是喜怒无常,一番霸道而不讲理的话,把素来温柔的顾华棠也惹火了,她支起身子不甘示弱:"我又不是物件,凭什么任你摆布?你出手相救,我万分感激,但我不会留在宋府,更不会嫁给你,我收拾好东西明日就走!"

"别等明日了,有本事你现在就给我走!"

外头多冷呀,抱着被子的顾华棠在门外瑟瑟发抖,万万没想到宋衡会"坏"到这种地步!

愤怒与屈辱在心中升起,泪水在眼眶里打转,她大力拍着门,才上好药的后背在大风雪里又开始隐隐作痛起来。

如果说宋衡的所作所为让她陷入一场噩梦里，那么另一个人的出现，则像从天而降的仙人，救她于水火，带她走入了另一场美梦中——

远处雪地里，一道身影撑着一把伞，提灯缓缓走来。

顾华棠一回头，冷风迎面，微眯了双眸，就在这样的场景下，遇见了宋家大少爷，宋淮。

（三）

宋衡去莲心小院里要人时，气势汹汹，彼时宋淮正在教顾华棠下棋，顾华棠手中一粒棋子还未落下，见到宋衡闯进来，脸色立刻苍白几分。

少年见到她却红了眼："你知不知道我找了你大半夜，还以为一个大活人就给冻没了……"

他不过是在气头上，没真想将她关在门外一夜，可等到开门时，人却已经不在了，他吓得到处找，整个宋府都快翻遍了，一宿没睡，却没想到人被"藏"进了莲心小院里——

这个他梦魇一般，最不愿意踏足的地方。

宋家有二子，宋淮与宋衡，两兄弟截然不同，大少爷深居简出，从来一副病美男的模样，在所有人眼中都是温文尔雅，不食人间烟火的世外谪仙，包括"初来乍到"的顾华棠。

但宋衡却对顾华棠说，不许她再去莲心小院，不许她再和宋淮下棋，更不许她被宋淮的外表所蒙骗。

"谁说长得好看的就一定不是坏人？"

"他有两张皮，人前一张，人后一张，阴毒狠辣的一面全是对着我和我娘，你们看不见，自然拿他当仙人似的供着，可只有我知道，他有多坏，和他一比我都成神仙了！"

顾华棠不信,宋衡急了,伸手一指自己被黑罩遮住的左眼:"你不是问我这只眼睛是怎么没的吗?告诉你,就是被他撞瞎的!"

那真是一段血淋淋的记忆。

宋衡五岁跟着娘亲进宋家,彼时懵懂无知,还以为是到了天堂。

他娘是个没落的世家小姐,沦落在乐坊当琴师,宋老爷一次酒后乱性便有了他,却毫不知晓,直到他娘走投无路才带着他上了宋家的门。

他为什么会救顾华棠,会为了她豪赌?因为小时候他也曾在冰天雪地里,差点儿被上门逼债的人伢子拖走,那种惊恐而绝望的感受他比谁都明白。

进了宋家却也不是天堂,宋家还有个厉害的大夫人,有个"深藏不露"的大少爷。

他和他娘处处小心翼翼,只求片瓦遮头,即便大夫人三天两头来找麻烦也都默默忍了,直到九岁那年,如梦魇一般的九岁那年——

他在莲心小院玩耍时,宋淮"失手"推了他一把,那样尖的铁锥,直直对准他的喉咙,所幸危急关头他脑袋一偏,避过了要害却没避过左眼,侥幸捡了条小命回来,却失去了一只眼睛。

简直是钻心的疼痛,整个世界都是血淋淋的,他在他娘怀里哭得凄厉,他娘也跟着哭,滚烫的热泪落在他脖颈儿上,血泪模糊,交织成了他永无法忘却的回忆。

宋衡从没见过娘亲那样疯狂,一改往日的逆来顺受,不依不饶地跪在莲心小院外,定要讨回个公道。

可是哪里有公道?即便闹得宋老爷都不得不站出来,也不过是大夫人一句"意外"就平息了一切,大夫人反而借题发挥说他娘疯了,中了邪,连夜将她强行送出了宋府,送到千里之外山上的一座尼姑庵里"静养"。

像坠入深不见底的海水里，黑沉沉的世界里没有光，没有希望，等到宋衡醒来后，连娘都没了。

没有人管他的哭喊，他的撕心裂肺，他大病了一场。

躺在黑屋子的床上时，他几乎以为自己快要死了。

却是窗外传来窸窸窣窣的蟋蟀声，竹影斑驳，月色下仿佛在唱歌给他听。

那些伸手不见五指的黑夜里，就是这些小东西，似乎带了灵性般，伴着他一下一下数着心跳声，挺过了生命中最绝望的时刻。

许是善恶有报，没过多久大夫人就因病去世了，是从娘家那边带下来的心疾，宋淮也有，且在大夫人走后愈加严重。

焦头烂额的宋老爷像是这时才想起自己还有另外一个儿子，不知出于什么心理，竟将宋衡从小黑屋里接出来，开始加倍补偿他。

同宋衡一起踏出屋外，走入阳光中，恍如重生的，还有他袖里的一只蟋蟀，彼时陪伴他最好的朋友。

他叫它"小哪吒"，因为哪吒是他最喜欢的神话人物，他无数次想像哪吒一样，踏着风火轮飞上天空，带着娘亲远离痛苦与悲伤，远离他再不愿记起的九岁。

九岁那一年真是神奇，发生了太多事情，他失去了一只眼睛，失去了陪在身边的娘亲，失去了童年所有的天真，却多了一群"新朋友"，他变得不爱与人打交道，从此却与蟋蟀结下了不解之缘。

而宋老爷遵照大夫人遗愿，怎么也不肯将他的娘亲从尼姑庵里接回来，他闹了多次后，宋老爷终是半妥协半敷衍，说等他成亲了，就让他娘下山看一看他。

成亲，这样的念头在宋衡脑海里疯狂滋长，他恨不得一夜长大，就能早点儿成亲，早点儿看到娘亲了。

"丫头，你放心，我以后一定会对你好，就像我娘对我好一样，你别走,别再生气了,行吗?等你及笄了,我们就成亲,好不好?"

抓住顾华棠的衣袖,宋衡又变成了可怜兮兮的小红狐,只差屁股后面长出一条毛茸茸的尾巴了。

顾华棠仰头看着这样的宋衡,心里说不出是什么滋味,她忽然觉得他就像个混世小魔王,漂亮、嚣张、古怪、霸道、喜怒无常——

一个可恨可气,又可怜的小魔王。

(四)

顾华棠还是逃了,在宋府待了三年后,在一个月黑风高的夜晚,她骑上了宋淮牵给她的白马,从后门奔入了夜风中。

这三年来宋衡对她当真好,怕她冷怕她饿怕她不开心,教她写字教她读书教她下棋,还教她斗蟋蟀。

只是再好也难改"小魔王"的古怪本性,因母亲离开得早,宋衡从来不知道怎样对一个人好,怎样去表达自己的"喜欢",即使努力学习,也常常会因为得不到回应而恼羞成怒。

他还不许顾华棠和宋淮多接触,只因有一回顾华棠顺路,为宋淮送了一次药,他便大发雷霆。

"生病就很惨吗?他有爹疼有娘爱,还有心思去害人,能有多可怜?"

"你又有什么可怜的,我救你回来,给你好吃好喝,时时怕你伤心难过,带你满城玩,你却还胳膊肘向外拐,你就是只白眼狼!"

"哼,我也不可怜,至少我还有娘在,我只要我娘在乎就行了!"

像陷入一个怪圈,不懂"怜香惜玉"的小魔王心里明明喜欢得紧,却反而常常露出尖刺,伤害到最不想伤害的人。

"小魔王,再见了。"

轻轻的一句话飘入风中,顾华棠回首望去,夜色中的宋府越来越小,过往种种历历在目,纷纷扰扰、万千感慨终是只汇成两个字——"珍重。"

宋衡追上顾华棠时,她骑着的那匹白马已经发狂,仰天嘶鸣,横冲直撞地奔出城郊,奔到了悬崖边。

"快,跳马,跳马,那是匹疯马!"

风里宋衡大声嘶喊着,顾华棠头脑发蒙,身体比意识先行一步,却还是晚了,发疯的白马将她甩了出去,千钧一发之际,一道红影奋不顾身地扑了上来,一把抓住她的手,她大半个身子吊在了半空中。

悬崖边上,大风猎猎,宋衡死死拽住顾华棠的手,顾华棠瞳孔骤缩,望着宋衡涨红的一张脸,心跳如雷。

"别松手,抓紧,抓紧我!"

宋衡吃力地开口,眼圈泛红:"死丫头,叫你……不要走,不要信他,你就真的……真的那么讨厌我吗?"

顾华棠也红了双眼,生死关头再顾不上许多,只在大风里哽咽道:"松手,别管我了,快松手……"

那是比一辈子还长的短短片刻,当两道身影一同坠了下去时,那只手依然没有松开,顾华棠贴在宋衡胸口,竟然奇异地想起立夏那天,他拉着她去竹林里捉萤火虫,在暖暖的微光里对着她笑。

或许有什么东西,早就在不知不觉中改变。

但顾华棠始终觉得,宋衡是孤单了太久,而她又出现得恰是时候,才会让他那样依赖与眷恋,等他失去了新鲜感,就不会再对她感兴趣了。

不知怎的,顾华棠居然隐隐害怕那一天的到来,与其那般,还不如她自己先离开。

只是如今手心里传来的热度让顾华棠分不清了，大风掠过她的发梢，她恍惚间觉得又像坠入另一场梦，一场也许再也醒不过来的梦。

（五）

人生如梦，顾华棠做过太多梦，这一次却仍旧不是终点。

悬崖下面竟是一方寒潭，简直像老天爷开恩般，她和宋衡虽然都受了伤，却侥幸生还。

顾华棠的腿骨折了，宋衡背着她寻到一处山洞，他们在里面待了三天，终于等到宋府管家带人找到。

顾华棠没想到宋衡还会接骨，宋衡毫不谦虚："小爷有多少本事哪是你们这些凡夫俗子能体会得到的？"

事实上，他的确跟着他娘学到了不少东西，那样蕙质兰心的女子，即便家族没落，也从未改一身气质，连带着宋衡耳濡目染，饱读诗书。

虽然接好骨，宋衡仍然害怕顾华棠的腿落下残疾，用不知在哪儿看到的土方子替她敷上草药，整夜整夜地焐在怀里，替她消肿化瘀，止息疼痛。

生起的篝火旁，宋衡又气又心疼，舍不得数落他的小媳妇，就声声"讨伐"着黑心肠的宋淮。

这么多年来，宋淮就是见不得他好，不仅弄瞎了他的眼，逼走他的娘，就连他身边一只蟋蟀也不放过，还记得九岁那年他带出来的那只"小哪吒"，后来也被宋淮想方设法地弄死了。

披着张谪仙似的皮，却比恶鬼还要恐怖。

只可怜他的"小哪吒"了，此后每一只蟋蟀宋衡都取名叫"小哪吒"，以此来悼念死去的"朋友"。

"他恨不得想要我死，却又不能让我死，就只能一次次夺去我身边最重要的东西,让我生不如死。"

三天后,他们被人找到,但顾华棠悄悄地不见了。

宋衡心慌得不行,跟跟跄跄地四处寻找,他总有种不好的预感,这一次,他的小媳妇不会再回来了。

风过长空,斜阳西沉,暮色四合。

宋府门口,宋衡坐在台阶上成了"望妻石",他耳边还回荡着宋淮的声声讥笑:"是你的就是你的,不是你的强求也没用,二弟,你生来就是天煞孤星的命格,能怪得了谁?"

他恨不得一拳打在那张恶毒的脸上,却生生忍了下来,像之前那么多年一样,他只能忍,为了他在乎的人而忍。

算命先生说他命犯孤星,他从来不信,提着蟋蟀笼到处走,想着即便真有那一日,他也有蟋蟀相伴,总不至于孤单。

可如今孤零零地坐在风里时,他才真的感到心口泛疼。

嘴角上扬,宋衡自嘲地一笑,目光投向远方:"走了也好,走得远远的,再也不要回来,远离这块肮脏的地方……"

低喃中,风吹衣袂,宋衡像看见了什么,忽然一点点瞪大了眼,难以置信——

远处一道身影由远及近,逆着光缓缓而来,看不清面目,周身却透着熟悉的气息,一瘸一拐地走向他。

风声飒飒,直到顾华棠站到眼前,宋衡仍不敢相信。

少女伸出手,摊开掌心,在夕阳中抿嘴一笑:"给你,我捉的,它叫'雷震子'。"

声音轻轻,泛着说不出来的温柔,宋衡却仍旧愣愣的,只目不转睛地盯着顾华棠。

顾华棠垂下头,有些不好意思:"虽然你脾气很坏,喜怒无常,霸道又不讲理,还动不动就凶人,但是,我……我还想跟你学斗蟋蟀。"

一番话刚落音,顾华棠耳边已响起一声尖叫,回过神来的宋衡猛地抱住了她的腰。

黄昏中,风吹发梢,这一回,是真的心跳挨着心跳,再也分不开了。

（六）

顾华棠终是到了及笄之年,宋家也终于开始筹办婚事,当红灯笼高高挂起的时候,宋老爷却回来了。

许是母亲的缘故,这些年宋老爷每次回来,宋衡都不见得多高兴,尤其是对他带回来的那个神医。

对,就是替宋淮看病的江神医,每一年都要来宋府为宋淮诊治一次,每回见到他,宋衡都是一副嫌恶有加的表情,叫顾华棠都好生奇怪。

但江神医的确名不虚传,在他的诊治下,宋淮的身体一年比一年好,反倒是宋衡,本来就畏寒,不知怎的,这些年开始越发怕冷,早春时节都脱不下一身红狐裘衣,手足更常常是冰冷的,身子也大不如从前了。

可宋衡是打心眼儿里兴奋,他每年都会收到母亲从山上尼姑庵里寄来的书信,有时还会有她亲手缝制的衣裳鞋袜,那些都是宋衡最珍惜的宝贝,碰都不舍得让人碰一下,而今年,他终于不用再"睹物思人",而可以实实在在地见到娘亲了!

然而顾华棠心里总隐隐感到不安。

这份不安在接下来的日子里渐渐被验证。

大婚的当头,宋衡居然病了,身子整夜整夜地发冷,屋里都加了几个暖炉,他却还是发虚汗,迷迷糊糊地搂住照顾他的顾华棠不撒手,嘴里说着胡话:"娘,玉儿好想你,你怎么还不下山来看玉儿?玉儿冷,好冷……"

顾华棠还没成亲就先做了娘,暗自好笑间,双眸却不由得酸涩了,她紧紧抱住宋衡,像是想将身上的温暖传给他,让他不至于在黑夜里冷成那样。

宋衡颤抖着埋在她怀里,长长的睫毛微微扑闪着,像只缩成一团的小红狐。

可是解铃还须系铃人,直到大婚前一天,宋衡的娘都没有出现,只是来了一封信,说大雪封住了山,她无法赶到,最快也要等到明年开春。

宋衡看了信后没有说话,只是坐在床头直勾勾地望着前方,一动也不动,倒是顾华棠吓坏了,上前握住他的手,发现他在微不可察地颤抖。

就在顾华棠急得快要哭出来时,宋衡却忽然转过头,对她幽幽一笑:"小媳妇,明天你就要做新娘了,开不开心?"

那是场十分盛大的婚礼,一向深居简出的宋淮都现身在众人面前,一身雪衣,坎肩细绒,端得清雅无双,一扫许多年前顾华棠初见他时的病态。

他望着宋衡笑,如果红盖头下的顾华棠能看见那笑,一定会觉得非常不舒服,因为那是一种高高在上,又悲天悯人的笑。

锣鼓喧天中,宋衡全程都没有异样,反倒是顾华棠心头不安,直到宋衡敬茶时,一道人影远远奔入堂内,一声高喊:

"大哥,我从丰山回来了!"

那是顾华棠再熟悉不过的声音,是一直跟着宋衡到处斗蟋蟀的跟班之一,他径直走到宋衡身旁,泪光闪烁地交给他一样东西,并贴在他耳边不知说了些什么。

顾华棠掀了盖头，心跳如雷。

拜堂被打断，喜乐声停了下来，所有人都莫名其妙，在满室的人面面相觑中，宋衡却忽然笑了起来，他捏着那样好不容易得来的东西，笑得越发厉害，直到身子都直不起来。

顾华棠慌了，想上前去扶住他，那道身影却是猛地抬起头，一把打翻本要敬给宋老爷的茶。

"宋明章，你骗得我好惨！"

那是一声撕心裂肺的暴喝，满场震惊，更遑论已煞白了一张脸的宋老爷。

一袭喜服的宋衡血红了双眼，他将手中的东西狠狠摔在了宋老爷脸上，身子踉跄间却是再也支撑不住，喉头腥甜，一口鲜血直直喷出，带出了那染满凄色的字字句句："这是住持亲口交代，我娘早在十年前就被大夫人毒死在了丰山的庵堂里，你却拖住我，年年岁岁地为你儿子续命，你好狠的心哪！"

（七）

九岁那年对宋衡的人生意义非凡，它的神奇与荒谬之处，不仅在于宋衡失去了一只眼睛，失去了陪在身边的娘亲，与蟋蟀结了缘，还在于——

他看到了人世间丑陋与肮脏的一面，被迫一夜长大。

宋父为什么忽然转了性，要将他接出那间等死的黑屋子？不是因为他才想起还有那样一个儿子，而是因为大夫人病死后，请来的江神医为病情日趋严重的宋淮诊治时，说了那样一句话——

"以血换血，以生换死。"

短短八个字，却让宋衡的噩梦，就此开始。

宋父此后将他宠上天，不打他不骂他不敢伤他一根汗毛，任他走街串巷地斗蟋蟀,不过是因为他体内流着的鲜血,为了他与宋淮那一脉相承的血缘。

他是世上唯一能救宋淮的人。

江神医每年来宋家一次,都是为了进行"以血换血",将宋衡体内滚热的鲜血换给宋淮,然后再将宋淮的顽疾一寸寸渡给宋衡。

宋衡就像个器皿,为宋淮提供着健康的、源源不断的鲜血。

从九岁开始,不曾间断的十年,他的大哥全是靠着他这个"贱种"的血养着。

所以在山洞里他才说:"他恨不得想要我死,却又不能让我死。"

因为他死了,他也活不了。

这也就是为什么宋淮的身体越来越好,而他的身体却越来越差,他心中清楚,等到他"油尽灯枯"的一天,就是他大哥"焕发新生"的时候,如果他娘再不下山,他真怕见不到他娘了。

他终于起了疑心,暗自派人前往丰山,却没想到得到的结果竟是那样荒谬。

宋父说得多好听,用他的鲜血换取他娘的安稳,如果没有他的价值,他不保证他娘还会不会一直平安下去。

多可怕的威胁,多丑陋的嘴脸,宋衡在九岁时就看透了一切。

他给自己的蟋蟀取名叫"小哪吒",不仅是因为那是他娘给他讲的故事,哪吒是他最喜欢的神话人物,更因为他永远记得哪吒削骨还父的刚烈,可是他不行,他没有风火轮,没办法带他娘逃出生天,所幸还能看着他的"小哪吒"一次次威风凛凛,战无不胜,仿佛代替他打败了坏人。

算命先生说他是天煞孤星,彼时他压根儿就不在乎,因为经历过那些事情后,他早就变得不爱与人打交道,只喜欢走街串巷地斗蟋蟀。

比起那些不会说话的小生灵，人太恐怖，比恶鬼还要恐怖。

直到遇上顾华棠。

眉清目秀的小姑娘，缩在角落里，怯生生地望着他，眼里干净得像初雪后的天空。

因为相似的经历，他动了恻隐之心，而因为她眼里的那片雪，他生了厮守之情。

因为有了想要在乎的人，这时他才害怕起算命先生说的"命犯孤星"，坐在夕阳下的台阶上时，他一度绝望地以为，他的命运真的要被算命先生言中了，直到暮色四合里，那道纤秀的身影一瘸一拐地走向他。

那真是他见过的最美的风景。

他搂着她又哭又笑，心里想着，什么天煞孤星，老子的小媳妇回来了！

那时风吹发梢，他们心跳挨着心跳，他无比笃定，即使有朝一日一无所有，至少她还会在他身边，永远都不会离开他，不会让他孤零零一个人。

（八）

顾华棠答应了嫁给宋淮。

关押宋衡的密室里，宋衡面对着墙，瘦削的脊背倔强地挺着，始终不肯转过身来看一眼顾华棠。

顾华棠知道，宋衡是心凉了。

她什么也没说，只默默凝视了他许久，直到视线模糊。

放下衣食，离开前，宋衡却忽然幽幽开口："我不怪你，这种时刻你该有更好的选择，是我自己命中注定，注定……天煞孤星。"

空如死灰的语气里，却还带了三分刻薄，"小魔王"依旧不改毒舌本性，顾华棠的眼泪却流得更汹涌了。

顾华棠深吸了一口气，努力让声音听起来没那么颤抖。

"你好好休息，我会再来看你的。"

这一看就是好久。

像睡了好长一觉，宋衡的脑袋很重很重，如漂在水面上，浮浮沉沉的。

模糊的意识里，他隐约听到有女子的啜泣声，远远地，像从天边传来。

醒来后，他才知道发生了什么——

顾华棠答应嫁给宋淮还有个条件，那就是让江神医出手，她要将一只眼睛换给他，等到他完全复明的时候，她才和宋淮正式拜堂成亲。

宋衡简直气疯了，当初听到顾华棠要嫁给宋淮时都没那么生气，他左眼缠着绷带，对着来看他的顾华棠大发雷霆。顾华棠苍白着脸，左眼上也缠着绷带，一动不动地任宋衡发泄着，直到离开前，才抿嘴淡笑，声音轻轻："你生得那么好看，若是两只眼睛都在，一定会更好看的。"

"好看你个头！"宋衡一声嘶吼，却在那道纤秀的背影消失后，摸上左眼的绷带，身子微颤着，许久，抱住脑袋，放声大哭。

江神医的医术果然高明，宋衡解开绷带后，失明了十年的左眼终于重见光明了，顾华棠喜极而泣，但宋衡却不见一点儿高兴，因为他已经隐隐听到外头的锣鼓声了。

他的小媳妇，他悉心呵护那么多年的小媳妇，真的要嫁给别人了。

密室里，顾华棠一身红嫁衣，像当初和宋衡拜堂时一样美丽，只是这回，她成了独眼新娘。

"春天采花，夏日捕萤，秋雨看书，冬雪煮酒，这样的日子我也想每年都和你一起过，可是你的梦还很长，我的梦却该醒了。

"踏上风火轮，带上你的'小哪吒'，有多远走多远，我什么都不求，只盼你天高海阔，再也不要被困在牢笼中……

"再见了，我的小魔王。"

（九）

后来的宋衡去了很多地方，认识了很多人，写过很多诗，却再也没有斗过蟋蟀。

前尘往事，如烟消散。

曾经那个穿着红狐袭衣，提着蟋蟀笼，阳光下笑得懒散不羁的少年，永远停在了川城的旧时光里，等待着不知何时才会归来的新娘。

前半世蟋梦人生，后半世他不敢碰蟋蟀，因为斯人已不在。

再没有一个地方能让他驻足，再没有一杯酒能让他喝醉，再没有一首歌能让他落泪，也再没有一个人，能让他在最好的年纪爱上。

记忆里仿佛还是那一年的那一夜，他被偷偷运出川城，在兄弟的掩护下终于从那个困住自己十多年的噩梦里脱身。

而那个为了他不惜假意背叛，不惜取得信任，不惜留下来拖住宋家父子的姑娘，却葬身茫茫火海，与豺狼虎豹同归于尽。

川城的城志录上永远记载着那样一段话——

庚子年六月，宋府大婚，无名野火忽起，奴仆四逃，场面混乱，天方既白时，一地废墟，焦尸数具，不辨模样。

后来的宋衡常常在梦中惊醒，醒来后听风拍窗棂，于一片寂寞的黑暗中，伸手抚住自己的左眼，怆然泪下。

他丢了自己的小媳妇，永远丢失在了长长的旧时光里，算命先生一语成谶，他最终依然没能逃过孤独终老的命运。

阳春烟景，最是迷人。

宋衡来到这里时，小镇正是草长莺飞的时节，春光明媚，处处生机盎然。

在茶馆里靠窗坐下，他望向外头的蓝天白云，身后却传来阵阵喧闹，那众人围住的窸窸窣窣声，是再熟悉不过的斗蟋蟀声。

宋衡扬唇一笑，摇摇头，一杯茶正要送到嘴边，耳畔却忽然传来一声："快，咬啊，小哪吒，雷震子，你们快上啊，别丢了我独眼蟋王的脸……"

手一颤，他霍然起身，打翻了茶杯。

一生会有几次心跳如雷，双手发颤，紧张到不能呼吸的时刻？宋衡不知道，他只知道，当他踉跄上前，拨开人群，见到桌前那道熟悉的身影后，眼眶瞬间湿润了。

风里传来桃花香，那人一袭青衫，长发高束，左眼遮着黑罩，眉宇间的秀气一如当年，抬起头，正对上他的眸。

天地间仿佛霎时静了下来。

周遭一切都不存在了，瞳孔映着瞳孔，整个茶馆只剩下望着彼此的他们，风吹发梢，不知不觉间，眼泪早已落了满脸。

当年一场大火，生死关头宋淮却将她推了出去，那个貌如谪仙，却被宋衡形容得比恶鬼还要恐怖的人，居然会在火中对她一笑，笑中隐有解脱之意。

他说，日后若见到他二弟，就告诉他一声，这么多年来，求而不得，他的痛苦不比他少。

离开川城后，她开始在茫茫人海里寻找宋衡。

她遮了左眼，束了长发，换了男装，腰间别了青筒酒，像当年那个少年的装扮一样，每到一处地方，就待上一段时间，走街串巷地斗蟋蟀，渐渐小有名气，赢得了"独眼蟋王"的名号。

她想着这样下去，总有一天他能找到她，或是她找到他，可她怎么会知道，因为"悼念"她，她的少年从此再也没有碰过蟋蟀。

所幸兜兜转转间，他们还是在茫茫人海里再次相遇了。

一年又一年的寻觅，一年又一年的等待，前尘往事，相识于蟋蟀，纠缠于蟋蟀，又重逢于蟋蟀，多么奇妙而不可言的缘。

人生如梦，白驹过隙，这场蟋梦人生，时至今时今日，终于圆满了。

茶馆里，不再年少的少年一步步上前，像当年在雪花纷飞里一样，走向他的小媳妇，却不再是意气风发，嚣张得不可一世的小魔王，他伸出手，历经人世沧桑后哽咽道——

"喂，顾华棠，跟我回家。"

《从此晚安我自己》
何家豪/作品
定价：29.80元

我自己从此晚安

CONGCI WAN'AN WO ZIJI

惠小姐从外边回来，屋内伫立一个陌生男子，男子对她的生活了如指掌，而且与她生活了多年。两天后，男子突然消失了！房间又恢复了死寂……惠小姐好想他，而他，还会回来吗？

90后小鲜肉何家豪
首部诡风之作

本系列将陆续推出：
小鲜肉男神谢宁远《我不愿让你一个人走过青春的荒芜》
"意林"最强告白书《对方正在输入中……》

我不成仙
断士绝念
WO BU CHENG XIAN

时镜 著

前尘尽断，转念为生。
纵你成仙，亦不可逃！

定价：28.80元
随书附赠
超值精美海报

晋江金榜作家 **时镜** 凝心之作

看史上最帅仙侠女主，如何践行"拨腿"美学，创十九洲不灭传奇

"这不是坦途，也不是绝道。它只是一条……我选的路。"
她见愁只想做这浩浩三千界唯一一个不想成仙的修仙人。
大道无情，苍天不仁，唯有情才是正途！

《意林·全彩 Color》，青春就是要"精""彩"

《意林·全彩 Color》是百万大刊《意林》杂志，在原有《意林》上、下半月核心刊基础上，于 2016 年 5 月 1 日重磅推出的《意林》第三本核心刊。《意林·全彩 Color》坚持青春励志不变、助力学生中高考不变、原班编辑团队不变、万里挑一稿件质量不变，并采用全彩印刷，更高品质的纸张，全本厚达 72 页，定价 6 元。

选择《意林·全彩 Color》的 八大理由

○ 中高考实用宝典，创刊第 2 期，即原题命中中高考作文

○ 全彩印刷，原色呈现多彩世界，青春就该像彩虹般缤纷

○ 内容加码，全新栏目、萌趣彩页，轻松缓解阅读压力

○ 版式出新，全新设计的七大版式，意想不到的新鲜图文搭配

○ 堪比几米的手绘配图，佐之以摄影美图、细节点缀，美貌爆表

○ 纸张升级，给你绿意盎然般的清新阅读体验

○ 超多回馈活动，励志明星海报，20 万红包大放送

○ 6 元良心价买全彩 72 页

心动的话，赶紧通过以下方式订阅《意林·全彩 Color》吧

★意林天猫专营店：
手机淘宝用户扫码一步购买

★意林微商城：
微信用户扫码轻松入手

★各大邮局订阅：
到就近邮局报上邮发代号 16-289，即可订阅

杂志信息：
页码：72 页
定价：6.00 元
邮发代号：16-289
印刷：全彩印刷
上市时间：每月 1 日

青春就是要"精""彩"，《意林·全彩 Color》等你来约！

意林精品图书推荐

多味之恋 系列

《别来无恙，我的小初恋》
简介：销量超百万作家沈嘉柯暖心力作，陪你一起挥别青春，再出发。
定价：29.80元

《喜欢你这句话，我憋住了整个青春》
简介：数十篇青春伤感故事，带你领略成长、青春、爱恋的阴晴圆缺。
定价：29.80元

《遇见你，就是最对的时候》
简介：青萝扇子、周德东等作家用文字演绎纸上电影。时光远去，我们永远青春。
定价：29.80元

《我记得你说过的每句美好》
简介：独木舟、夏七夕、七微等名家用真挚的笔触探究青春的色彩。
定价：29.80元

深夜暖心 系列

《这世间所有的纸短情长》
简介：织梦人张芸芸在深夜为你点一炉青莲之香，寻找渐渐远去的青春与年少。
定价：29.80元

《世界那么大，命中注定遇见你》
简介：每个人都会接触形形色色的人，又会和一些人聚聚散散，马叛说：这些相遇都是命中注定。
定价：29.80元

《我不怀念你，我只怀念有你的往昔》
简介：继《左耳》之后深入骨髓的疼痛青春，每个人都可以在她的故事中找到最原始的自己。
定价：29.80元

《花与巡夜人》
简介：国内一本填色减压故事书，抚触你的心灵，治愈现代人的都市病症。
定价：36.90元

十八而志 系列

《少年从不等风来》
简介：关于年轻人的追梦故事，他们用自己的特立独行，创造属于自己的天地。
定价：29.80元

《你的人生不需要别人点赞》
简介：大人物从这里起步，成就了丰盈的人生。数百篇故事告诉你成功者的秘密。
定价：29.80元

《逆光飞翔，微芒盛放》
简介：名人的磨难被晾晒成坚强，带给你十八而志的青春励志的正能量。
定价：29.80元

《像明星一样去战斗》
简介：数十位明星的奋斗史。逆袭背后，都是平凡生活中的伟大梦想。
定价：29.80元

大阅读 系列

《脑洞君，请收下我的膝盖》
简介：理科的严谨与文科的情怀，二者都能拥有。
定价：28.80元

《我心有猛虎，而你只要一枝蔷薇》
简介：量身为中学生打造的心灵读本！
定价：28.90元

《一生心事只得一人来解》
简介：与名家碰触思想上的火花，快乐成为阅读的领跑学霸。
定价：28.90元

《好男孩上天堂 坏男孩走四方》
简介：毕业于剑桥大学的才女陈叠邀您围观世界名校男神！
定价：29.80元

初心讲义 系列

《把你所有的不安都交给我来暖》
讲给你听，117个如同心灵抱抱的故事。
定价：29.80元

《所有人的坚强，都是柔软生的苗》
玻璃心的朋友们，看这里！讲给你听，125个含泪奔跑的人生故事。
定价：29.80元

《生命中除了爱，其他都是行李》
讲给你听，召唤小确幸的111个故事。
定价：29.80元

《都道初心不可负，而初心是何物》
133个初心故事，既有明星大家，又有平凡人物，从故事里闪耀初心的光芒。
定价：29.80元